少年梦·青春梦·中国梦·中国故事

青草地的诱惑

陈永林　著

江西高校出版社
JIANGXI UNIVERSITIES AND COLLEGES PRESS

图书在版编目（CIP）数据

青草地的诱惑/陈永林著. —南昌：江西高校出版社，2014.5（2017.5 重印）

（少年梦·青春梦·中国梦：中国故事 / 尚振山主编）

ISBN 978-7-5493-2472-9

Ⅰ.①青… Ⅱ.①陈… Ⅲ.①故事—作品集—中国—当代 Ⅳ.①I247.8

中国版本图书馆 CIP 数据核字（2014）第 075511 号

出 版 发 行	江西高校出版社	
社 　　　址	江西省南昌市洪都北大道 96 号	
邮 政 编 码	330046	
编 辑 电 话	（0791）88170528	
销 售 电 话	（0791）88170198	
网 　　　址	www.juacp.com	
印 　　　刷	北京一鑫印务有限公司	
照 　　　排	麒麟传媒	
经 　　　销	各地新华书店	
开 　　　本	710mm×1000mm 　1/16	
印 　　　张	14	
字 　　　数	201 千字	
版 　　　次	2014 年 7 月第 1 版	
	2017 年 5 月第 2 次印刷	
书 　　　号	ISBN 978-7-5493-2472-9	
定 　　　价	28.00 元	

赣版权登字-07-2014-169

[目 录]

摸 秋   001

一根玉米   005

船 殇   008

鼓 殇   012

怀念一只叫阿黄的狗   015

李大嘴之死   018

胆小鬼   021

寒 冬   024

李大民之死   028

土筐·土车   032

闺女喂奶   035

乌 鸦   039

上学的路有多远　　　　042

一条水性杨花的蛇　　　045

歌　王　　　　　　　　048

去丽江　　　　　　　　052

哭泣的青草地　　　　　055

身后的门　　　　　　　058

纳　闷　　　　　　　　061

疯女人　　　　　　　　064

送给继母的生日礼物　　067

嫁的理由　　　　　　　070

广陵散　　　　　　　　073

桃　园　　　　　　　　076

堂　嫂　　　　　　　　079

鸟　蛋　　　　　　　　083

竹　笋　　　　　　　　086

想让儿子坐牢　　　　　089

想自杀的李大民　　　　092

传　说　　　　　　　　096

三个女人　　　　　　　099

阿杏的桃园　　　　　　102

去南方的路上　　　　　105

情窦初开　　　　　　　108

笛　殇　　　　　　　　112

感谢善良　　　　　　　116

贵人要来家做客　　　　119

青草地的诱惑　　　　　122

温馨一幕　　　　　　　125

会说话的钞票　　　　　128

戒　指　　　　　　　　　131

家　事　　　　　　　　　134

八月的山村　　　　　　　137

出　走　　　　　　　　　140

疯婆阿莲　　　　　　　　143

种花的少年　　　　　　　146

地狱离天堂有多远　　　　149

山那边　　　　　　　　　152

红书包　　　　　　　　　155

我也想去天堂　　　　　　158

一支派克钢笔　　　　　　161

亲吻一棵树　　　　　　　164

糖纸钱　　　　　　　　　167

红木手链　　　　　　　　170

家　　　　　　　　　　　174

过　门　　　　　　　　　177

奇特的礼物　　　　　　　180

哑巴的呼喊　　　　　　　183

玉手镯　　　　　　　　　186

一束鲜花　　　　　　　　189

一块手表　　　　　　　　192

湖　殇　　　　　　　　　195

善之链　　　　　　　　　198

怀念一只叫阿黑的狗　　　201

快乐的二傻　　　　　　　204

戒指上的爱　　　　　　　207

母亲回家啦　　　　　　　210

会说话的西瓜　　　　　　213

摸　秋

　　鄱阳湖一带的小孩都喜欢过中秋节，有月饼吃是一个方面，主要还是可以摸秋。中秋节这天晚上，小孩不但可以在庄稼地里疯玩，还可以疯吃，甘蔗、花生、红薯、玉米等，只要能吃的，都可以吃。生的不好吃，可以弄熟吃，捡些干树枝，在田岸边点燃了，把挖出来的花生、红薯、玉米扔进火里。片刻，香味四溢。小孩的肚子撑得滚圆滚圆的。

　　平时叫偷，中秋节这晚却叫摸秋。听说被小孩摸过秋的庄稼会更丰收。中秋节过后，小孩就不能随便吃田地里的庄稼，父母知道了也会拿竹棍把屁股打得皮开肉裂。

　　每年的中秋节，聪聪都不摸秋。不是他不想，而是没有一个小孩愿同他一起摸秋。聪聪的脑子有点不好使，已九岁了，还不知道一加一等于几，自然没人愿意同聪聪玩。

　　聪聪只有站在门口，看别人玩。其实根本看不到，只能看见田岸上燃起一丛丛火，还能听见一阵阵欢快的笑声。

　　"妈，你带我玩。"聪聪拉着荷花的衣袖，可怜巴巴地求。

　　荷花没好语气："你没看见妈忙?"荷花正在做扫帚。

　　"我去叫醒爸，让爸带我玩。"聪聪说着就出门。荷花忙起身拉住了，语气很凶："不能去。"聪聪不听："我就要去。"荷花说："不能去就是不能去。"聪聪还不听,荷花捡起地上一把刚做好的扫帚打聪聪屁股,聪聪"嗯儿嗯儿"地哭了。

荷花扔了扫帚,骂起男人来:"你倒会享福,眼一闭,啥也不管,让我吃苦受累……"荷花的眼泪吧嗒吧嗒往下掉。若男人在,日子也不会过得这么苦了。男人走了,耕田耙地、挑水挑粪,啥活都要她干。她一天到晚忙得连喘口气的机会都没有。活儿却干不完,也干得不好,如耕田,田耕得深一片浅一片,牛也欺生,故意同她作对,荷花让牛往前走,牛却回头倒着走,还不走一条直线。铧齿也划到了荷花的脚,血涌出来。荷花拿块泥巴按在伤口上。

亲朋好友劝荷花再找一个。荷花担心聪聪今后受委屈,一直没答应。聪聪却不懂事,一天到晚向她吵着要叫醒爸爸。三年前,男人躺在棺材里时,聪聪推男人:"爸,不要睡,陪我玩。"男人刚闭眼时,聪聪就推男人。荷花哭着说:"你爸睡了,别动他。"棺材放进坑里,村里的"八仙"往棺材上浇土时,聪聪跳进坑,把棺材上的土往外抛:"爸爸醒了,怎么起来?"荷花把聪聪抱起来,搂进怀里:"你爸说,他要睡好久,他好累。你爸醒了,他会喊我们。"

荷花仍在扎扫帚,聪聪溜出门,去了村后的树林。爸爸已经睡得太久了,他要喊醒爸爸。

坟包上躺着一个男人。男人一身酒气。

"你醒醒,醒醒。"聪聪蹲下来推男人。男人一把把聪聪搂进怀里:"儿子,快叫爸,爸可想死你了,爸爸还以为永远见不到你。"

"你是我爸?"

"我不是你爸,那我是谁?"

"你真是我爸?"

"是呀,我是你爸呀。"男人说完放开怀里的聪聪,又打起很响的鼾声。

聪聪揪男人的耳朵:"你咋这么会睡?醒醒,带我去摸秋。"

男人醒了,坐起来。问聪聪:"我怎么会睡在这儿?"片刻,男人想起来了，今天是儿子一年的祭日，他想同儿子说说话，便到这儿来了。他心里苦，在儿子的坟前喝下一瓶酒。他对不起儿子，更对不起死去的女人。女人闭眼前要他照顾好儿子，可儿子还是掉进了鄱阳湖。男人同儿子说够了话，便回家，走了几十步路，腿一软，倒在地上了。

"爸，你终于醒了，快带我去摸秋。"男人同聪聪是一个村里的，聪聪的事男人全知道。男人没想到聪聪把自己当成他爸爸了。

"行，爸带你去摸秋。"

男人把聪聪带到自己的花生地里，男人下了地，拉着花生藤往上一扯，花生根上全是花生。聪聪笑了，不停地摘花生。男人一连扯了三根花生藤。聪聪的两个裤袋装得满满的。聪聪坐在田岸上剥花生吃，聪聪先是把剥好的花生往男人嘴里塞。男人的心暖暖的，两年前的中秋节，他也带着儿子摘花生，儿子也是先把一粒剥好的花生往他嘴里塞。男人抱起聪聪，让聪聪坐在自己腿上："地上凉气重，会生病的。"

后来聪聪又在男人甘蔗地里掰了一根甘蔗吃，还烧了两块红薯，两根玉米。当火着了时，聪聪高兴地围着火转，咯咯地笑个不停。红薯和玉米熟了，聪聪让男人吃，男人不吃，男人让聪聪带着给他妈妈吃。

聪聪说："爸，回家吧。"聪聪拉着男人的手往家走。

男人很想说："我不是你爸，你爸还在睡觉。"可他这句话在他喉咙口转了几次就是吐不出嘴。男人很快到了聪聪的家。荷花见了男人，很意外，男人说："我，我……"

聪聪抢过话："妈，爸醒了。爸真好，带我摸秋，我吃了花生、红薯、甘蔗、玉米，妈，这是给你留的。"聪聪从口袋里掏出一块红薯和一根玉米。男人很尴尬地立在那，两只手显得多余的样，不知放哪儿好，抓抓头发，扯扯褂子。荷花心里偷偷地笑，脸上却有了红晕："坐，你坐呀！"

"这么晚，我得走……"

聪聪说："爸，你还去哪？"

荷花说："快睡吧。"

又是中秋。当水洗了样的月亮从鄱阳湖里钻出来时，聪聪拉着男人的裤腿说："爸，我们去摸秋。"男人笑着说："你妈去，我也去。"聪聪又扯荷花的裤腿："妈，我们去摸秋。"荷花拉起聪聪的手："好，我们去摸秋。"男人拉起聪聪的另一只手："儿子，爸一定让你玩得高高兴兴。"男人说着，在荷花的脸上极快地亲了一下，荷花"哟"一声："老不正经。"要打男人，男人笑着跑开了，荷花在后追，聪聪也跑起来。聪聪追上荷花，开心地喊："妈跑不赢我，妈跑不赢我……"

一根玉米

那年皖北一带大旱，那可是百年未遇的大旱，老天爷六个月没下过一滴雨，河床干裂成一块块的。田地里看不到一点绿色，到处扬着飞尘，整个世界在白晃晃的毒日下淡成一片模糊。

而且又逢上兵荒马乱。

荡在蛤蟆村里人头顶上的死亡气息稠得像雾。吃尸的乌鸦总是云一样在村子上空飞来飞去，乌鸦血红色的嘎叫声让村民的目光变得青紫。

保长敲响了村头古槐树下的钟，干裂的钟声如玻璃一样在村民的心上划过。

村民都来到槐树下。

往年绿意葱茏的槐树如今光秃秃的，槐树叶子早让村民吃光了，但槐树又冒出淡淡的绿。

保长看着或坐或躺在槐树下凌乱一片的村民，眼里就酸辣了。保长把酸辣咽回肚里去了，说，我们不能等死，蛤蟆村不能绝，还是去外逃荒吧，熬过这荒景，就回。保长的话让村民的脸灰黑一片。

第三天，就有拖儿带女的村民拿着棍、端着碗出了村。他们走得很慢很慢，两条腿似有千斤重，挪不开。女人的嘶哭声震得头顶上的槐树枝摇摇晃晃。男人不哭，紫黑色的泪水汪洋了他们凄凉的脸。

几天后，村里的房子大都空了。没走的大都是老弱病残。土根和槐花不属于老弱病残却没走。槐花已怀了六个月身孕，土根说，兵荒马乱的年代，往哪儿走？死在外面还不如死在家里。

　　但更难弄到东西吃，土根只有吃红土，把那红土晒干，捏成粉，然后配一点晒干的槐叶、野草，煮成糊，闭了眼睛往肚里灌。吃了三天，土根却拉不出来，肚子却胀得痛，槐花只有拿手帮着土根剜。槐花说，再也不能吃红土了，吃多了会胀死。土根说，吃什么呢？能吃的树叶已吃完了，野草也吃完了……有了，树皮可以吃。土根就拿了刀剥槐树皮。

　　这样又熬过了一个月。

　　槐花说，再熬不下去了，你别管我，还是走吧，走了，或许可以活下来。槐花说这话时，泪水血淋淋地汪在眼里。我们死也要死在一起。土根把槐花揽进怀里，泪水也一滴一滴地砸在槐花头上。槐花说，可怜了肚里的娃儿，他还未看一看这天、这地、这山、这水，也未看我们一眼，就……槐花的哭声牛鞭一样抽打着土根的心。土根求道，别哭了，别哭了，我的心在滴血呢。土根劝槐花别哭，自己却哭了。后来两人索性抱成一团，哭了个天昏地暗。

　　这时传来踢门声，土根忙抹了泪，开了门，进来的是保长。保长说，你们吃了啥好吃的东西，还有精神哭。

　　土根看到保长手里拿着一根玉米，土根的目光就绿了，绿色的涎水也淌下来了。保长说，这玉米是给你的，原本我留着做种子，唉，也顾不了那么多了，村里没走的人每户给一根。土根接过玉米，恨不得一口吃了。但土根把涎水又吞回肚里了，他一口也没舍得吃。槐花说，不到真饿死的份上，我们不吃这个玉米。

　　十几天又熬过去了。

　　土根说，留在村里的人只剩下我们俩了，我们也要死了，还是把那根玉米煮了吧。

　　槐花说，我就煮了。槐花从罐里拿出那根玉米，玉米的香味把屋子塞得满满当当，一点缝隙也没有，土根贪婪地吸着这香味。土根说，这样死了也值。槐花说，我去外面看看有没有一点野菜野草什么的。槐花说着出了门。槐花并没有去寻野菜野草，槐花只是想把那整根玉米让给土根吃。或许土根吃了那根玉米，能多熬两天，到时一下雨，满山的野菜野草不就出土了？槐叶不就长出来了？那土根不就可以活下来了？槐花这样想着，纵身跳进了村头的那口枯井。

此时的土根也这样想。

土根也出了门，也纵身跳进了村头的那口枯井。

第二天就下雨了，瓢泼样的大雨一连下了两天两夜，土根那茅草屋也倒了。

后来，出外逃荒的村民断断续续回蛤蟆村了。蛤蟆村原来有五十多户人家，经过这次干旱，现在只剩下八户了。

那八户人回村后才发现他们没种子了，都叹着气说，这是天意，蛤蟆村命该绝。有人说，再在村民家里找找，算不定能找到种子。

就有村民在土根倒塌的房子里发现了几株玉米苗。

一声欢呼，所有的村民都来了。

都围着玉米苗跪下了，亮晃晃的泪水掩盖不了他们的激动。蛤蟆村有救了，蛤蟆村有救了！震天动地的欢呼声，如黄灿灿的日头一样，落满了村里的沟沟壑壑。

他们又都抱成一团疯了样地大哭。

白汪汪的哭声把头顶上的日头都震得一摇一晃。

船　殇

　　这河，不宽，却深。河上没有桥，过河的就坐七根的渡船。七根祖祖辈辈都是摆渡的，那支先辈握得光溜溜的船桨亮得能照见人的影。

　　七根并不想摇桨过日子，这活儿太苦，也太枯燥，整天在船上，听"哗哗"的单调的摇桨声。七根多次跟父亲说过，可父亲只淡淡地笑，全不把七根的话放在心上。七根就吼，我真的不干这差使。父亲慢腾腾地说，你不干谁干？其实七根说的话，父亲也不知跟爷爷说过多少次，爷爷也这样笑，也这样慢腾腾地回答他。

　　后来父亲死了。父亲是为救落水的小孩死的。父亲的眼不肯合上，睁得大大的。父亲有啥事放不下呢？许多人猜，都猜不透。七根见父亲的眼死死盯住他，心里明白父亲不合眼的原因，就拿来桨把，对父亲磕了一个头，说，爹，我听你的就是。父亲的眼才合上了。

　　日子在七根悠悠的桨声中逝去。

　　七根已习惯了这样的生活，他甚至喜欢听桨把拨开水面的哗哗声。

　　可是，这河上要建桥了。

　　建桥的是大山，大山是村里的首富，靠办山楂罐头厂发起来的。山楂罐头每回要请船运过河，又得装车，太麻烦，劳力伤财。

　　想到要扔下握了几年的桨把，七根心里有点伤感，也为今后的日子担心。田地活儿不在行，打鱼又不会，做生意没本钱。尽管摆渡苦点，但还可填满家里几张嘴。

桥建好的那天，七根扔了桨把回家。

听着躺在床上的娘"咳儿咳儿"地咳嗽，七根心里难受。娘病瘫在床已几年，还要许多钱扔药罐子，今后去哪找钱呢？七根就闷闷地吸烟，还长吁短叹的。

此时，门外有许多村里人喊七根。

七根出了门，村里人说，咋不摆渡？走，走，我们急着过河呢。

七根挺纳闷，山子的桥不是建好了吗？

我们才不过他修的桥！走他那桥，心里不踏实。他那拿昧心钱修的桥，说不定，我们正走着，桥就塌了。那我们不白丢一条命？

他的心太黑，过次桥竟一人收五毛钱。他那么多钱，还嫌不够，守财奴。

……

七根说，你们坐我的船不一样交五毛钱？

那不同，你送我们过河，出了力，流了汗。他凭啥赚我们的钱？想赚我们的钱？哼，做梦！

人家拿修桥的钱放在银行里也有利息呢！他收钱，是应当的……

七根，你脑子咋不开窍？他要抢你的饭碗，你还护他？

七根不好再说了，他们上了船，七根就摇桨。有人喊，七根，来支带色彩的歌让我们乐乐。七根就唱：

> 一条手巾丢过河啰嗬嗬，
> 哥哥拿去擦把汗啰！
> ……

许多人说，不行，来支过瘾的。

七根就唱《十八摸》。

……

六摸呀，摸到呀，

大姐的肩上边，

两个肩膀圆又圆，

我越摸约越喜欢。

我越摸约越喜欢。

……

七根高亢的歌声在湖面上荡个不停，汉子们放肆地笑，贼亮的眼就黏在女人身上。女人红了脸，喊，七根，晚上搂着你婆娘唱吧。

过了河，村里人说，七根，你放心，只要我们不死，就坐你的船。我们会对得住你死去的父亲。

七根听了这话，心里不好受，村里人坐他的船，只是可怜他，施舍他一口饭吃。要不，村里人咋不过桥？过桥多舒服，又安全。有的人晕船，还呕，可就要坐他的船。七根劝他们上桥，他们就是不，哼，走那桥，别脏我的脚。

七根就闷闷不乐的。村里人要他唱歌，他也唱得没筋没骨的，没点韵味。

七根不想再摆渡，可一时又找不到其他谋生的活，只有干一天算一天。

这天，刮很大的风。七八个人想坐七根的船过河。七根劝他们还是过桥，他们不，说，我情愿死也不过他的桥。

船行到河中间，一阵狂风吹来，船摇晃得厉害。接着一个浪头砸来，船就翻了。不会游泳的人大喊救命。

七根救了两个人上岸，想再救第三个人时，却再没力气了，手脚不听使唤。这回死了两个人。

七根听着那些断人肠肺的号哭声，心如刀割。他跑回家，拿来一瓶煤油往船上浇，点了火。瞬时，熊熊的火焰染红了半边天。

七根跪下了，朝躺在湖滩上死去的两个人不停地磕头，头磕破了，出血了，还不住地磕。

大山的泪水也淌下来了，心里骂自己，我不是人，咋他妈的掉进钱眼里去了？

第二天，大山就撤了收过桥费的人。

鼓　殇

　　山子是十乡百村出名的好鼓手。一只小小的牛皮鼓，被山子敲得出神入化。人们从他的鼓声中能听到风声雨声，鸡鸣狗吠；能看到旭日徐徐升起，雪花漫天飞舞；能嗅到鲜花的芬芳，稻谷的馨香；能触到情人柔唇的烫热，刚垦土地的湿软。

　　因而十乡百村谁家办喜事丧事，以能请到山子敲鼓而觉得脸上有光。

　　这天一大早，山子背着鼓刚要出门。村长来了。村长说，山子，你去哪？山子说，这还要问？村里德高望重的七根去世了，今天安葬，他当然得去祭奠七根。若七根家没人请他，他都会主动去。七根对他有恩。山子自小失去父母，七根极怜爱他，家里好吃的总给山子留一份，一年也总给山子缝两身新衣服。过年过节，也大都在七根家过。山子的这只鼓，就是七根送的。山子说着就出门，村长拉住了山子，说，你不能去。山子说，我咋不能去？村长说，乡长的儿子今天结婚，想让你去助兴。山子说，我干吗去？难道凭他是乡长？山子甩脱了村长的手，就出了门。

　　村长喊，山子，你难道还不想宅基地？

　　山子立住了，说，咋不想？

　　山子快三十了，可没哪个女人肯进门。女人嫌山子住的是低矮的泥坯屋。山子想拆了老屋盖，可老屋地基太小。山子为这事急，不知找了村长多少次。村长总拖，说乡土管所不批。山子心里痛恨，但没法。村委会的章绑在村长裤带上，你总不能强迫他盖。

对呀，你的鼓给乡长儿子的婚事驱了邪，他一高兴，跟土管所所长一说，你的宅基地不就批了？那女人不也有了？你岁数也不小，不能再拖。要不，岁数一大，更找不到女人。村长又从口袋里掏出山子的宅基地申请书，说，进屋，这章我这就给你盖，待会儿就给乡长。

山子冷冷哼一声，又迈开步子走。村长跑上前拉住了山子，说，就算你不想宅基地，但你也该为乡亲们的利益着想。

山子定定地望着村长。

村长说，你知道我们村想修条路。村里人集的资远远不够。我想让乡里拨点款。这事，我已给乡长说过，他说可以考虑。到时，你的鼓敲得他高兴，我再一提，他的笔一挥，不就签了字？

山子还有点犹豫。

村长又说，要知道乡亲们待你不薄。你可是吃百家饭，穿百家衣长大的。

山子眼里就湿漉漉的。

山子就背着鼓来到乡长家。

新娘坐着桑塔纳来了，噼里啪啦的鞭炮热热闹闹地响个不停。山子起劲地敲着鼓，鼓声时而高亢如雷鸣，时而温柔如情人私语。人们被山子的鼓声吸引住了，不时发出好的赞叹声。

乡长也欢笑着看山子敲鼓。

喝酒时，乡长给山子敬酒，说，您辛苦了，谢谢。晚上闹洞房时，还得辛苦你。

山子就笑，不辛苦。

乡长说，你屋基的事，你村的村长也给我说了。你放心，这事还不是我一句话？

山子说，那乡里能批给村里多少修路款？

什么修路款？

村长没给你说？我村想修条路，可村里集的资不够。

哈哈，你别听村长瞎起哄。乡里的工资都发不出，哪有啥闲钱拨给你们村修路？

山子握酒杯的手抖起来，他被村长愚弄了。山子仿佛瞧见七根怨恨地望着他。山子就起劲地喝酒，喝了一杯又一杯，乡长劝住了，说，你晚上还要敲鼓，敲完鼓再喝个够。

山子说，不碍事。

晚上敲鼓时，山子再找不到感觉。鼓敲得杂乱无章。人们很失望，也感到怪，这是山子敲的鼓？

乡长也说，山子，你敲的啥鼓？

山子很尴尬，我也不知怎么敲的鼓。

你喝多了酒？乡长问。

没呀，我以往喝那么多酒，鼓仍敲得那么好。

山子的鼓敲得更是一塌糊涂，山子就索性住了手，灰溜溜地回家了。

晚上，山子背着鼓来到七根新落的坟前。山子又敲起鼓。

忽儿，刮起狂风，狂风呼呼地叫。片刻又下起雨。雨很大，噼里啪啦地响。猫头鹰在风雨中凄凄哀哀地叫，狗也惶惶不安地吠。接着又传来数百人的号啕大哭。

村里人奇了，打开门，并没刮风，也没下雨。一轮被湖水洗了似的圆月好端端挂在那儿。

村里人都拥到七根的坟前。

山子拿鼓槌的手挥舞得让村里人眼花缭乱。

怀念一只叫阿黄的狗

"那天晚上一直下雨，雨下得好大，雨点砸在瓦上，噼里啪啦地响，像放鞭炮一样。还刮好大的风，风呼呼地叫，鬼哭狼嚎一样。半夜里我起来小解，听到门外有狗呜呜的叫声……"母亲又给我讲那只叫阿黄的狗的故事。阿黄的故事，母亲不知讲了多少遍，母亲只要一有空就讲，听得我都能背下来了。

母亲一开门，见一只黄狗躺在地上，黄狗全身湿漉漉的，还冷得发抖。母亲说："进来吧。"

这只狗是外村跑来的。白天就来到村里，可没有一户人家收留这狗。那时我们村里都很穷，人都吃不饱，自然没东西喂狗。

狗进了屋，钻进灶前的稻秆里面。狗"呜呜"地叫。母亲猜狗饿了，拿起晚上吃剩的两只熟红薯放在狗的面前。狗两口就吃完了，狗太饿了。母亲还想给狗吃的，但家里再没啥吃的。

天亮后，父亲撵狗走。父亲不想养这狗。

心善的母亲说："孩子他爹，就养了这狗吧。我们每个人嘴里省一口，就不会让它饿死。再说，猫来祸，狗来福。"

狗可怜兮兮地望着父亲，嘴里发出"呜呜"的乞求声，父亲再不出声了。

黄狗就这样留下来了。母亲给黄狗起名为阿黄。

阿黄是只极聪明的狗。仅几天时间，阿黄就认得村里所有的人。那时村里人都喜欢串门，只要村里人进我家，阿黄就摇头摆尾的；外村里人一进村，阿黄就龇牙咧嘴地狂叫。母亲有时在邻居家串门，如突然想纳鞋底，就对阿黄说："回家拿鞋底来。"片刻阿黄就把鞋底衔来了。阿黄很听母亲的话，母亲叫阿黄干啥，阿黄就干啥。

这天，又到了开山的日子。一年也就几天开山。开山就意味着可以上山割茅柴。其余的日子封山，禁止任何人在山上割柴，谁割柴，便罚谁的钱。母亲起床时天还黑着，母亲煮好了红薯，焖好了饭，天才亮了。父母必须在开山的几天时间割一年用的柴。父母为割更多的柴，中午也不回家，带午饭在山上吃。母亲扛着扁担出门时，阿黄一直跟在母亲身后。母亲说："回家，你得看好大木和二木。"

大木是我大哥，二木是我二哥，大木那年四岁。母亲出门时对大木左叮嘱右叮嘱，要大木别玩火别玩水，要大木照顾好二木。二木那年一岁多一点。母亲一走，大木就把母亲说的话忘了。大木拿火柴玩火了，灶里的茅柴着火了，火一下烧着了房子。那时村里有劳动力的人都上山割柴去了，剩下的是一些老弱病残。大木那时吓傻了，只会哭。躺在摇箩里的二木哇哇大哭。阿黄便蹿进浓烟滚滚的房子，衔起摇箩里的二木冲出门。阿黄一身的毛全烧没了。

父母赶到时，房子已化成一片灰烬。

阿黄救人的事也传开了，许多外村的人来我家看阿黄。人人都说阿黄是条好狗是条义狗。

父母也对阿黄更好了，家里有啥好吃的，父母情愿自己不吃，也要留给阿黄吃。

只是没多久，家里的米缸空了。村里所有人的米缸都空了。先是村里人挖野菜，拔草根，剥树皮，再后吃观音土。村里有不少人饿死了。我们家因有了阿黄，比村里其他人要好一点。阿黄每天一早去田野里捉田鼠，每天抓几只田鼠回来，有一回竟捉了一条大青蛇。

村里人也扛着锄头与铁耙去田野里捉田鼠。

田鼠捉完了，再找不到能吃的东西了。有不少饿急的村里人打起阿黄的主意。但阿黄极聪明，一见那些手里拿着锄头铁耙的人就躲得远远的。母亲抚着阿黄的头说："阿黄，你还是逃命去吧。"阿黄一动不动。母亲说："你走啊，走得越远越好。"

村里饿死的人也越来越多了。父母同大哥二哥已两天没吃一点东西了。开初大哥二哥哭着喊饿，后来连喊的力气也没有，就不出声，都躺在床上等死。阿黄也两天没吃东西了，阿黄嘴里衔来一把菜刀，望着父亲呜呜地叫，似在说："杀了我吧。"父亲的泪水淌下来了，但父亲把菜刀扔在地上，父亲下不了手。阿黄又把地上的菜刀衔起来递给父亲，父亲再不接阿黄嘴里的刀。

阿黄放下嘴里的刀，咬住父亲的裤腿往门外拉。父亲被阿黄拉出门，母亲也出了门。阿黄爬上围墙，然后爬上了屋顶，阿黄走到屋顶最高的地方站住了，阿黄回头看着父母，嘴里"呜呜"地呜咽着，看父母的眼里水汪汪的，父母知道阿黄想干啥。母亲大喊："阿黄，下来，快下来！我们情愿饿死也不吃你……"但阿黄纵身一跳，"啪"的一声落在地上。

父母朝阿黄跪下了。

"……如没有阿黄，你二哥早烧死了，我们一家人也早在一九六〇年饿死了。阿黄救了我们全家……"泪水爬满了母亲坑坑洼洼的脸，声音也哽在母亲喉下，吐不出来。

父亲也说："阿黄真是条好狗。如若没有阿黄也没有我们全家，也幸亏你娘当初收留了阿黄。今后我和你娘不在了，你们得多向后代人讲阿黄的事，让阿黄的事一代代传下去，让一代代人记住阿黄……"十二岁的儿子对父亲说："爷爷，阿黄的事我爸已对我讲了无数遍，我已背下来了。我已把阿黄写进了我的作文，还得了全校作文竞赛第一名。今后我有了儿子，一定会给他讲阿黄的故事。"儿子的话惹得父亲哈哈大笑起来。

李大嘴之死

　　李大脚过三十五岁生日时，胃口极好，喝了两瓶啤酒，吃了许多菜，还吃了一碗冒尖的饭。李大脚笑着说，我不能做饿死鬼。小玉说，你不会死的，别说这晦气话。小玉的声音一颤一颤的，就如风中蝴蝶的翅膀。尽管这么说，眼睛里却像溅了辣椒粉，辣辣的。小玉忙低下头，小玉怕李大脚看见她眼里的泪水。

　　李大脚吃饱喝足后就上床睡了。

　　小玉心惊胆战地偎着李大脚躺下了。小玉隔一会儿，就摸一下李大脚。李大脚打起香甜的鼾声后，小玉松了口气，眼睛也迷迷糊糊合上了。下半夜，小玉醒了，一摸李大脚的身子，冰样的凉。小玉拉亮了灯，李大脚早断气了。

　　李大脚还是没活过三十五岁。

　　李大嘴觉得怪，问小玉，妈，爸没病没灾的，咋说死就死了呢？小玉说，你爸祖上没有活过三十五岁的。李大嘴说，那我是不是也活不过三十五岁？小玉忙捂住李大嘴的嘴，变了脸，眼光也很凶，你别乱说，老天爷会让你长命百岁的。李大嘴感觉到小玉捂住他嘴巴的手，如冰天雪地中的电线杆样凉。小玉的手还颤抖得厉害。李大嘴问，妈，你怎么啦？小玉说，老天爷会保佑我们这样的苦命人。小玉眼眶里满是一闪一闪的泪水。

后来李大嘴到了成家的年龄，却没哪个女人愿意嫁给李大嘴。按说，李大嘴一米八的个儿，熊腰虎背的，二百多斤重的担子上了肩，腿都不晃一下，田地活儿又样样在行。再说李大嘴家境较殷实，李大脚开了十年的车，挣了不少钱。可女人担心李大嘴同他父亲一样，活不过三十五岁。哪个女人愿意年纪轻轻的就做寡妇？

　　小玉看见村里跟李大嘴同龄的人生的崽女都能在地上跑了，心里急得火烧火燎的，晚上躺在床上翻来覆去睡不踏实，还整天长吁短叹的。

　　李大嘴说，皇帝不急，太监急；再说急也白急。小玉说，如若你李家的根在我手里断了，那我今后咋有脸去见你爹？咋有脸面对你李家的列祖列宗？小玉心里恨起李大脚来，你这死鬼倒会享福，两腿一蹬，啥事也不管，全扔给我了。李大嘴说，断了就断了，这哪能怪你呢。小玉说，大嘴，你放心，妈一定让你娶上老婆，你如娶不上，我死都不瞑目。

　　小玉很快托媒人给李大嘴找了个叫豆花的女人。

　　李大嘴第一次同豆花见面时，就说，我今年已二十五了，还有十年活，到时你就做寡妇了，这事你要想好。豆花的脸上漫起两团桃花样的红晕。豆花说，你既然对我说实话，我也对你说实话，你今后死了，我改嫁就是，但你不会在三十五岁死。

　　李大嘴同豆花很快结婚了。

　　婚后的第二年，豆花就生下一个儿子，取名李大头。李大嘴总抱着李大头笑得合不拢嘴。

　　一晃眼，李大嘴三十五岁了。那时的李大嘴总抱着李大头暗自流泪。一天晚上，李大嘴抱着豆花号啕大哭，豆花，我不想死，我不想这么早离开你们母子俩。李大嘴哭得极伤心，眼泪鼻涕糊了一脸；李大嘴哭得上气不接下气，整个身子战栗得厉害。豆花的心也被哭碎了，豆花说，大嘴，你不会死的，你要相信我的话。李大嘴说，我的祖辈没有一个活过三十五岁的，我太爷、我爷、我爹都没活过三十五岁。豆花说，大嘴，你不是李家的人，你妈为了让你长寿，背着你父亲同六根好上了，六根是你的亲爹。李大嘴一时愕住了，一句话也说不出来了。许久才说，这是真的？豆花说，是真的。我嫁给你之前，你妈就同我说了，她叫我别告诉任何人，当然也不要告诉你。要不，我怎么会嫁给你？李大嘴又笑了，豆花，你上当了。我妈是个正派的人，她不会做那种对不起我爹的事。她只是怕你不愿嫁给我，才这样骗你。豆花说，不，妈不会骗我，她绝不会骗我。

这时小玉来了，小玉说，豆花，我没骗你。小玉说得斩钉截铁的，容不得人一丝怀疑。李大嘴说，妈，你骗我。小玉说，我从不骗人。我也不想做伤害你父亲的事，但我为了让你长寿——你不会怪妈的。李大嘴哈哈地大笑，泪水却淌了一脸。李大嘴笑够后，阴着脸对小玉说，你走，走得越远越好，我不想再看到你。

小玉回她娘家去了，住在她弟弟家。

三十五岁生日那天，李大嘴没死。

村里人却对李大嘴前指后戳地议论，只要他一出现，村里人就转移话题，支支吾吾地前言不搭后语。有不懂事的小孩骂李大嘴"野种"，还朝李大嘴扔石块。

三十六岁生日那天，李大嘴还是死了。

李大嘴是自己投鄱阳湖死的。

小玉悔得肠子都青了，她伏在李大嘴身上哭得死去活来，大嘴呀，好糊涂的大嘴呀！妈咋会做那种不要脸的事？你是我和大脚的儿子呀，妈这样一切都是为了你呀！妈想让你熬过三十五岁这道门槛呀……

这时，天色也暗淡下来了。忽然，天地猛然一亮，一道闪电在空中划过，接着，雷声也轰隆隆的在头顶上炸响了。片刻，蚕豆样的雨瓣里啪啦地下了。

胆小鬼

胆小鬼也确实胆小，白天他一个人都不敢在家待，怕鬼。晚上躺在床上，一听见门外有狗叫或者猫头鹰叫，或者屋内有老鼠动的窸窸窣窣声，就吓得拿被子蒙住头，身子不住地抖。

睡在另一头的小胖踢了胆小鬼一脚，故意惊恐地喊："胆小鬼，快看，床前站着一个鬼，鬼的手摸到你的头啦。"小胖是胆小鬼的哥哥，比胆小鬼大三岁。小胖的胆却大，不怕鬼。小胖总爱捉弄胆小鬼。胆小鬼骇出了一身汗，身子抖得更厉害了。小胖索性下了床，用极其恐怖的声音说："我是一个吊颈鬼，你看我血红的舌头伸出嘴外，我要吃你啦！"小胖的手又摸胆小鬼的头。被子里缩成一团的胆小鬼忍不住哭了。母亲听见胆小鬼的哭声，问："你哭啥？"小胖说："胆小鬼做噩梦了。"胆小鬼止了哭声。胆小鬼不敢说小胖故意吓他，要不小胖更要吓他。

胆小鬼尽管怕鬼，却爱听鬼故事，胆小鬼总要小胖讲鬼故事。小胖有一本《鬼的故事》的书。胆小鬼刚上一年级，书上的字还认不全，只有听小胖讲。

那天是星期天，小胖和胆小鬼都不上学。胆小鬼又要小胖讲鬼故事。这回，小胖很爽快，往常胆小鬼总要求小胖很久。小胖翻开那本故事书，讲起来："有夫妻两个，男的叫李大……后面这个字我还没学过，不认得，就叫李大。女的叫周小花，两人很恩爱……李大病死了，周小花很想再见李大。一到晚上，周小花就坐在李大的坟前，喊李大的名字。一天晚上，周小花在李大的坟前睡了。睡梦中，周小花感觉有人抚摸她，她一睁开眼，自己竟躺在一个怪物怀里，怪物的脸是青色的，牙齿长长地露在嘴外。周小花吓得尖叫一声昏过去了。周小花醒来后已是天亮了。第二天晚上周小花又去了李大的坟前。周小花又见到那个怪物。那个怪物说他就是李大。周小花主动抱住了怪物李大……"

胆小鬼问小胖："周小花不怕李大吗？她竟敢抱他。"小胖说："当然不怕，李大是她的老公呀。""可李大成了鬼呀。""如果我也成了鬼，你怕吗？"胆小鬼说："我也不知道。"

晚上，胆小鬼被尿憋醒了。胆小鬼踢醒了小胖："哥，我要拉尿。"小胖说："你去拉吧。"小胖拉亮了灯。胆小鬼拉尿回来时，小胖突然拉灭了灯，喊："你身后有个鬼。"胆小鬼忙往床上跑，脚被门槛绊了一下，"扑通"一声跌倒在地上了。胆小鬼大声哭起来。小胖拉亮了灯，下了床，把胆小鬼抱起来："别哭，别哭，哥错了。"胆小鬼的额头磕破了，流了许多血。小胖慌了："好弟弟，快别哭。哥今后再不吓你了，再吓你，变成猪狗。"胆小鬼仍哭，胆小鬼的哭声惊醒了母亲。母亲见了胆小鬼一脸的血，问胆小鬼："怎么啦？"胆小鬼说："我拉尿，哥拉灭了灯，还说我身后有鬼……"母亲听了，狠狠一巴掌甩在小胖的脸上。胆小鬼也不哭了，母亲又打了小胖几巴掌。

第二天，两人你不理我，我不理你。

一直三天，两人都没说一句话。胆小鬼觉得很难受，他向母亲要了一块钱买了两包方便面。睡觉前，胆小鬼把一包方便面放在床上，拆了一包吃，他故意吃得很响。胆小鬼想，哥准会开口向他要方便面吃，那样他同小胖就说话了。可小胖一直没开口，但胆小鬼听得见小胖吞涎水的声音。胆小鬼笑了："方便面真好吃，真香。"小胖从床上爬起来，出了门，去外面玩了。

萤火虫儿在池塘边飞来飞去。小胖拿了玻璃罐，捉歇在草丛里的萤火虫。小胖在捉第十二只萤火虫时，脚下一滑，掉进池塘了。小胖大喊："救命呀——"但水灌进了小胖的嘴，小胖再喊不出来了。

胆小鬼见小胖许久没回来，就对母亲说："哥出去玩了这么久，咋还没回来？"母亲去找，喊："小胖——小胖——"后来终于在池塘里找到了小胖。

小胖装进小棺材里时，胆小鬼拿来那包方便面，放在小胖的头跟前："哥，你吃，吃……"胆小鬼一脸的泪水，"哥，你要时时来看我……"胆小鬼泣不成声了。

胆小鬼很想再见到小胖，但总见不到。这天晚上，胆小鬼出了门，去了小胖的坟跟。胆小鬼说："哥，我想见你。哥，你别担心吓我，不管你变成啥样子，我都不怕，真的不怕。"胆小鬼也躺下来了："哥，那我睡了，我知道你也想我，我要你出来见我，我睡着了，你吓不到我。"胆小鬼后来真的睡。胆小鬼醒来时躺在母亲的怀里，母亲哭着说："我被你吓死了，以为你……你咋躺在这里？你不怕？"胆小鬼摇摇头："我想见我哥，我怎么怕自己的哥？"

胆小鬼第二天就高烧，嘴里喊着："哥，哥，我想见你……"

母亲请了算命的。算命的说："他被他哥缠上了。得在他哥的坟上撒上油菜籽。"据说在鬼的坟上撒了油菜籽，鬼得把油菜籽一粒粒地数清。若数不清，就永远做鬼，不得投胎转世。据说鬼不太会算数。坟上的油菜籽总也数不清，因而鬼一天到晚数油菜籽，没时间害别人，坟上被撒了油菜籽的鬼大多投不了胎转不了世。胆小鬼的母亲只在小胖的坟上撒了半把油菜籽。撒油菜籽时，母亲掉泪了："小胖，你别怪母亲心狠，我不想再失去你弟弟。"胆小鬼知道了，极恨母亲。胆小鬼病好后，没上学，而是来到小胖的坟跟捡油菜籽。油菜籽藏在草丛里，极难找。胆小鬼边找油菜籽边说："哥，我一定要把所有的油菜籽都找到，一粒也不剩。我想你早些投胎转世。"

寒　冬

空中溢满寒风狰狞的狂笑。光秃秃的树干冷得瑟瑟发抖，发出凄厉无助的呜咽。空中铺满铅色的乌云。

要下雪了。

我立在风中，脸被刀子样的风扎得生痛生痛。几个脚指头好像断掉了，已感觉不到痛。

"爹，上岸吧，要不会冻坏的。"

父亲不搭理我。父亲仍摸他的鱼。父亲只穿了一条短裤衩。

"这些王八羔子都躲到哪儿去了？"父亲下湖快半个时辰了，可乌鱼一条也没摸到。在夏天，乌鱼很好弄。夏天，乌鱼怕热，总浮游在水面上，在鱼钩上放只青蛙或放块面粉团，就立马能钓上乌鱼来。可在寒冬，乌鱼怕冷，藏在泥土里一动也不动，很难抓。即使人踩住它，它也不动，让人很难感觉到踩住它了。

湖水对湖岸怀着满腔仇恨似的，猛烈而凶狠地撞击着湖岸。我感觉到脚下的地在抖。

这时父亲被湖浪冲了个趔趄，险些摔倒。

"爹，别摸鱼了，回家吧。"

"放你屁，不摸到乌鱼，你小崽子能当成兵……"

父亲的声音如风中的柳枝，颤抖个不停。

都是那破村长！

听说在一些富裕的地方当兵很容易，可在我们这个穷山沟，想当兵的挤破头。每年冬季，都是亢奋而慌乱的季节，许多人都为当兵奔波。我们这些没考上大学的，如想挣脱脚下这贫瘠的土地束缚，那只有当兵一条路。在部队考军校比地方上考大学要容易得多。如考不上军校，可学些技术，今后就不愁没饭吃。学不了技术，争取入党也行。入了党，可进村委会当干部，或者进乡办企业。入了党的退伍军人也不愁没饭碗端。

我也往当兵这条狭窄的路上挤。

去年，我检中了，可乡武装部只分给我们村委会四个名额。我没争到，原因是我们想抓住鸡却又舍不得一把米。

今年，我检中后，父亲就忙活开了。

父亲拎了两条"红塔山"、两瓶"茅台"进了村支书家的门。村支书见了烟酒，满口答应，又说，只是村委会不是我一个人说了算，还得让村长同意。村长同意了，我没二话。"

父亲又拎着鼓囊囊的包进了村长家。

父亲对村长说明来意。

村长说："这事，我当然会帮忙。只是今年指标太少，只三个，而村里检中的却有十几个。能否去得成，我不敢打包票，但我尽力帮忙。"

父亲又把烟酒拿出来，村长不收。

父亲说："你不收，就是看不起我，就是不想帮这个忙。"

"忙是要帮，但东西不能收。"两人争了很久，最后父亲执拗不过村长，把东西拎回家了。

父亲脸上阴阴的。父亲说："村长死活不收东西，他不实心实意帮忙。唉！"父亲心里急。

正巧，村长的女人得了一种妇科病，医生开了药，说要乌鱼做药引子才行。父亲得知后，立马就下湖了。

父亲的身子开始抖了："妈的，这……王八……躲……哪里……"父亲话都说不囫囵。"爹，回家吧，这兵我不当了。"我的泪水涌出眼眶。"闭上……你……臭嘴。"父亲仍摸他的鱼。忽然，父亲笑了，"哈哈，终于……抓……住……"父亲双手举着一条三四斤重的乌鱼。

父亲上了岸，身子一个劲地抖。父亲的嘴唇已冻得乌黑，身上也发紫。可父亲笑着说："没白来没白来。村长见了这鱼准会动心的。你当兵有望了。"

回家的路上，碰见了两个男人。他们见我手里抓着乌鱼，都转头走了。我知道他们也是为村长抓乌鱼的。

回到家，母亲把一红本本给我，说："通知书刚下来了，过几天就走。"

父亲不识字，却端着"入伍通知书"看了许久。父亲问："这通知书谁送来的。"

"村支书。"母亲说。

"那你把这乌鱼剖了，红烧，多用香油，煎得焦黄焦黄，村支书喜欢吃。"父亲吩咐母亲后，又对我说，"你去买两瓶好酒来。"

"那这乌鱼不送村长了？"母亲问。

"不送。"父亲生硬地说，"你能当兵，全是村支书帮的忙。这情我们得谢。"

酒买回来了，父亲就去请村支书。

父亲把脊背上的鱼块一个劲地往村支书碗里夹。村支书说："我自己来。"

父亲说："多吃点，这东西冬天里吃了，补肾。"

父亲又端起酒杯，说："我在这儿敬你一杯，娃儿能当成兵，全靠你，在此谢你了。"父亲一仰脖，一杯酒一口干了。"林子能当成兵，也亏了村长帮忙，我一个人不行的。乡长在外县有一亲戚，想把户口转到我们村，占我们村一个指标，村长硬是挡着，把这指标给了林子。"父亲"啊"了一声，笑便僵在脸上，但片刻，又说："来，喝酒。"父亲的声音一下没了筋骨，软绵绵的。父亲刚才兴奋得发红的脸也犹如门墙上的枯草，黄黄的。外面开始下雪了。

　　吃完饭，父亲又出去了。母亲和我没在意，都没问父亲到哪里去。到吃晚饭时，我四处喊父亲，却没人应。母亲也慌了。后来母亲说："他是不是给村长摸乌鱼去了？"我跑到湖边，见岸上放着父亲的衣服，湖上却没父亲的影子。后来在离我们村二十几里的一个山脚下找到了父亲。父亲的身子已变得僵硬。

　　三天后，我穿着绿军装登上了火车。

　　雪纷纷扬扬下，满世界一片刺眼的白。

李大民之死

  南山村村主任李大民的死与一条狗有关。

  这是一个很平常的早晨。鸡鸣狗叫的早晨。只是没鸟叫,李大民已几年没听见鸟叫。鸟吃了撒了农药的谷种,全被毒死了。乡下已见不到鸟,这并不奇怪。奇怪的是李大民打开院门,竟见院门口卧着一条黑狗,狗的毛黑得发亮。黑狗见了李大民,站起来,在李大民的腿上蹭来蹭去,摇首摆尾,并呜呜地叫。

  这是谁家的狗?李大民把全村所有的狗想了个遍,也没想到这狗是谁的。那狗准是外村跑来的。

  李大民不太喜欢狗,因而不想收留黑狗。隔壁的李大树说,李主任,狗来福,猫来祸,李主任家准大富大贵了。李大民的女人也说,养了它。女人端来一碗排骨,放在地上。黑狗不吃,黑狗看着李大民,李大民说,吃吧。黑狗这才吃了。李大树说,这狗真聪明。李大民说,是条聪明的狗。

  如果李大民能预见到后来的事,那他绝不养这黑狗。

  几天后,黑狗咬住李大民的裤腿,往外拉,李大民跟在黑狗的身后。走了很长的一段路,到了坟地,黑狗不走了。李大民狠狠踢了一下黑狗,李大民想再踢黑狗时,黑狗跑开了。李大民对这事并没多想。

又是几天后，黑狗又咬住李大民的裤腿往外拉，又是到了那块坟场，不走了。李大民这回想得很多，难道黑狗是死神派来的使者？要不黑狗怎么两次都把自己带到坟场。黑狗这样做难道是让他尽快地给自己选一块坟地？

没有比知道自己的死期更惶恐不安的事。

李大民想杀了这条黑狗。他拿老鼠药放进肉包子里，扔给黑狗，黑狗嗅了一下肉包子，不吃。李大民又拿了根绳，系了个扣，想套住狗的脖颈，把黑狗勒死，黑狗躲得远远的。

这狗是魔鬼！是来收自己的命的。

晚上，李大民躺在床上睡不着，想了很多。自己才四十岁，怎么这么快就要死？难道自己做多了造孽的事？李大民把自己做的事想了一遍，从少年时偷生产队的西瓜想起，一直想到上个月收了李木根家三千块钱，一想骇一跳，他竟做了这么多坏事，多得让李大民自己都不敢相信。奸淫嫖娼，敲诈勒索，行贿受贿，什么坏事他都做了。

李大民出了一身冷汗，自己死上十回也不冤。

但李大民想对自己以前伤害过的人作一些赔偿，以减轻自己的罪孽，以免自己的罪孽祸及家里人。天快亮时，李大民才合上眼。

上午，李大民拿了三千块钱去了李木根家。李木根为批宅基地为进村竹器厂送了他三千块钱。李大民拿钱还给李木根时，李木根说啥也不肯要。李木根哭丧着脸，声音也夹着哭腔，村主任，难道我做错了什么事，说错了什么话？李大民摇摇头。李木根说，村里是不是想收回我的宅基地？或者不要我做竹器厂的工人？李大民说，啥也不是，只是我觉得这钱不能收。李木根扑通一声朝李大民跪下了，村主任，求求您，别把钱退给我，要不我会吃不下饭睡不成觉。李大民要扶李木根起来，李木根不，你不收回这钱，我就一直跪着。李大民只有把放在桌上的那沓钱又放回口袋里了。

李大民又去了李长河家，李长河不在，李长河的女人玉梅正在院子里喂鸡食。玉梅见了李大民，一脸的笑，坐，屋里坐。李大民进了屋说，妹子，我向你赔礼道歉来了，那事是我鬼迷心窍，我对不起你……玉梅知道李大民说的那事是指什么事。玉梅同李长河本来在镇化工厂当工人，可化工厂倒闭了。玉梅想把两人的户口转回村里，以便分到几亩田，靠几亩田过日子。玉梅拎着一大包礼品去李大民家，刚好李大民的女人不在。李大民就把玉梅抱住了。玉梅说，你再这样，我就喊了。但几天后，玉梅又来找李大民了。玉梅说，我依了你。玉梅一家的户口转回村里了。分了四亩上好的水田。而且李大民把鱼塘让给李长河承包了。李大民掏出三千块钱，玉梅，这点钱就算我补偿你的……玉梅的脸一下变得纸样白，李主任，您是不是不让我家承包鱼塘了？准是别人看我去年养鱼赚了一点钱，打起鱼塘的主意？村主任，千万别……我家有一千块现钱，我这就拿给你买烟抽，你现在想要我，我这就给，玉梅说着解自己的衣服。李大民说，别，千万别。

李大民又去了两家，但结果都一样。李大民一回到家，就病倒了。去了医院，医生也查不出什么病。

一个月后，李大民就死了。李大民留下遗嘱，把他这些年非法所得的十万块钱，在村前的河上修座桥。

李大民出殡的那天，全村人都来送葬，许多人哭了，说李大民这么好的村主任不该死得这么早。

黑狗被李木根养了，黑狗又时时咬着李木根的裤腿去坟场。李木根心想，我并没做什么坏事呀，可黑狗为什么总要我去坟场呢？而且去的是同一块坟场？黑狗第五次咬着李木根的裤腿去坟场时，李木根才明白过来了。黑狗到了坟场，停在一座长满杂草的坟前，呜呜地凄叫。李木根走近那坟，那坟上有两个碗口样大的洞，洞准是黄鼠狼打的。李木根以前总是一到坟跟前就逃。这回，李木根明白了黑狗为啥总要他来坟场。黑狗是让他来拔杂草，填坟洞。李木根很快把坟上的杂草拔清，又拿来铁锹，把坟洞填严实了。

黑狗再没拉李木根来这个坟场了。

　　后来，李木根也摸听清楚了，原来埋在这坟里的何老头就是黑狗以前的主人。何老头是个无儿无女的五保户。

　　李木根就叹气，唉，李大民死得冤。

土筐·土车

晚稻一收，就没啥农活干了，便照例围湖造田。

湖堤上满是挑担的人。

那时的牛还是个青壮后生。牛干活极卖劲，人家慢悠悠地跑一趟，而他风风火火地跑两趟。人家筐里的泥土刚盖住筐面，可牛两筐泥土堆得满满的，山一样。

牛挑着两筐泥土，有说有笑的，很轻松。

初冬的日头用那暖暖的手抚摸他们，都感到惬意，心里也有暖暖的东西在涌。

牛却感到燥热，穿件单褂还是热，汗水不停地从额上背心窝里沁出来。

一根扁担压得弓一样。扁担吱吱呀呀地痛苦呻吟。装满土的土筐悠来晃去。

牛的媳妇秀见男人干活没命样，就瞅个空儿对牛说，你咋这样傻？挑重担可快一点，挑空担可慢些呀，装土也不要装得这么满。

牛"嘿嘿"地笑。

秀问，我说的话你听见没？

牛说，听见了。

可临到装土时，装土的人装了大半筐不再装，要牛走。牛说，再装，跑一趟是跑，跑两趟也是跑。牛又挑着冒尖的土急急地走。回头挑着空筐也跟跑一样，生怕没土挑似的。

这气得秀直骂：真个是头牛。

秀劝不住，也只得随牛了，心疼牛也没法。

这样干了一个多月，上面放假歇几天。放假前一天开了表彰大会，牛受了表彰，奖了一张奖状，还有一件前面印着"奖"字后面印着"鼓足干劲"的白背心。

牛回到家，用四根小木条钉了个镜框，把奖状挂在厅中，牛左看看右看看，又"嘿嘿"地笑了。

歇了几天又上工，牛干得更起劲。牛穿着那件奖来的背心，很神气，挑起担，脚下也似生了风。

这牛。村里人都笑。

牛还想在完工时受表彰，想再得到一张奖状和一件印有"奖"字的白背心。

牛这样没命干了几天，就浑身发高烧，出冷汗。牛还坚持干了一天，但第二天就爬不起床了。牛只好回了家，待了两天，打了几针，吃了点药。牛感到好了些，又要上工。秀不让，还要牛歇两天。牛说，再歇两天，工分拿不到不说，挑的土还没别人多，那完工时就受不到表彰了。

要那表彰干啥？能顶得饭吃？流那么多汗水换一张这样的纸值？

牛就想受表彰。

牛见家里有个木轮，就在木轮上安了根轴，轴上扎几根木条，就成了一辆简易的独轮土车。牛想，用这土车拉土比筐挑土要多得多。

秀说，你这头牛，还有脑子，用这土车拉土比挑土要轻松得多，推的土也多。你现在总可放心了，表彰一定会有你的份。

牛就推着土车上了湖堤。

牛的独轮土车上放着四个筐，四筐土都堆得冒尖。牛推着土车一点也不累，额上脸上也没一点汗。

牛开心地哼起歌。

独轮土车的"吱吱呀呀"声让村里人心里很不舒服。村里人的心里也"吱吱呀呀"，像被独轮土车轧过一样。

哼，想不到这牛还真会偷奸耍滑，瞧我们汗如雨落，可他一滴汗也没流。

瞧他那开心样，好似到这儿享福来了。

……

村里人都冷着眼看牛，那眼神让牛心里激灵灵地打冷战。

尽管牛推车推的土比四五个人挑的土还多，可最后受表彰的人中却没有牛。大队长也说牛干活没前阶段卖劲，后阶段一点汗也没流。

回到家，牛把厅中堂的奖状拿下来丢进炉膛，看到奖状化成一缕蓝色的火焰时，牛又"嘿嘿"地笑了。

后来，牛穿那件奖来的背心总穿反的，这样看不出那红红的"奖"字。

闺女喂奶

以往，英咀坂村的人喜欢开会。开会不用去田地里干活，工分却照拿。因而村里人总盼开会。好在那时会多，不是学习毛主席著作，就是背毛主席语录。那时，英咀坂村的人大都不认得字，背毛主席语录时就由大队长领念，大队长念一句，村里人跟着念一句。

可后来英咀坂村的人不想开会了

那时开的大都是检举会、批斗会。英咀坂是个小村，三十来户人家，二百余人，又都是姓陈，算起来，一村的人都没出五服，都沾亲带故，村里人抬头不见低头见。哪个人好撕破脸去检举别人？

英咀坂村里人已开了几次会，可村里人都不开口。男人一个个闷着头吸旱烟，女人也不敢纳鞋底了，一个个苦着脸，低下的头都埋到裤裆里去了。大队长很是急，别的大队已揪出几个反革命了，批斗会开得热火朝天的。公社的革委会主任也批评他了，说他工作不得力。大队长很是急，革委会主任已给他下了硬性任务，这两天，在村里至少得揪出两个反革命来。

大队长又只得让英咀坂村的人开会。

大队长拿着个喇叭站在晒谷场上喊："社员都来开会呀。"大队长回队部时，地上已坐了十几个人。大队长说："你们咋都缩在后面？到前面去坐，前面有凳呀。"村里人都说："坐后面好，坐地上好。"以前开会时，来得早的村里人都坐凳，来得晚的，只有捡块砖头放在屁股下，要不在地上放张报纸，坐在报纸上。

村里人断断续续地来了。地上已坐满了人，可村里人仍不愿坐前面的凳上，仍往后面挤。屋后面的人挤得腿挨腿，没点缝隙，可靠近主席台的十条凳却空着没人坐。

大队长说："都到齐了吗?"一村民说："差不多吧。"大队长就点名："陈九根，来了没?""来了。""陈花子呢?""来了。"大队长一个个点下去，当点到陈金锁的名时，却没人应，大队长又重复一遍。"陈金锁，来了没?""来了。"陈金锁的妹妹陈莲花应一声，抱着侄子石头进屋了。一屋人狐疑的眼光都落在陈莲花身上，陈莲花的脸刷地红了："我哥同嫂子吵架，嫂子回娘家了，我哥去接嫂子回来。"陈莲花说完这话，长长地吁了口气，她可从没当着这么多人的面讲过话。陈莲花想在一个角落里坐下来，却再没地方挤了。大队长说："你就坐凳子上。"陈莲花只有坐在凳子上了。陈莲花的心还在扑通扑通地乱跳。

大队长仍往下点名。

大队长点完了名，全村只有陈茂阳没来。

大队长说："我们就不等了，开始开会，目前的形势，社员们也知道……我们伟大的领袖毛主席说过千万不要忘了阶级斗争。狡猾的阶级敌人就藏在我们身边，我们别讲情面要把敌人揪出来，别的村都揪出了阶级敌人。"

村里人仍一个个一言不发的。男人仍埋头吸烟，屋里烟雾缭绕的，许多女人呛得不停地"咳儿咳儿"地咳起来。

大队长知道这会如这样开下去，那开不出什么结果的。大队长很想早些完成革委会主任下的任务，就说："陈茂阳怎么不来开会? 是不是他心里有鬼，豺狼再凶狠，还是怕猎人。"

一村民就说："那就选他吧。"

大队长说："社员们有意见没? 如不同意他是阶级敌人请举手，好，没人举手，那就一致通过。"大队长松了口气，终于揪出一个阶级敌人了，再揪一个人出来，就完成任务了。大队长接着说："公社革委会规定我们村必须得揪出两个阶级敌人，大家现在好好想想，看哪个人平时说了些反党反社会主义的话。"大队长说完端起茶杯喝茶。

又是沉默，屋里极静，静得只听见村里人"哧儿哧儿"的呼吸声。

就在这时，陈莲花怀里的石头"哇"的一声哭起来。陈莲花说："莫哭莫哭。"石头反而哭得更凶了。陈莲花窘得手足无措，她后悔不该抱石头来开会。陈莲花开初没打算抱着石头来开会，她一出门，躺在摇箩里的石头醒了，就哭起来。陈莲花想到柳树村的一小孩被狼吃了的事，头皮一麻，就抱着石头出了门。那时的狼很多。

"石头乖，好乖，啊，不哭，不哭……"任凭陈莲花怎么哄，石头仍号啕大哭，陈莲花急得眼泪都掉下来了。

一直寒着脸的大队长说："陈莲花，你可以回家，不要开会了。"

"不！"陈莲花知道她一走，她哥陈金锁就跟陈茂阳一样会成为反革命。

"那这会怎么开？"大队长语气里透出的冷气严严地裹住了陈莲花。陈莲花的牙一咬，解了扣子，把背心往上一撩，露出一只白皙饱满的乳房，那乳房很挺，粉红的乳头就像熟透的樱桃。石头的小嘴衔住了奶头，吧嗒吧嗒吸起来，再不哭了。石头是饿了。

村里人都呆了，要知道陈莲花还是黄花闺女，刚十七岁，可她竟当着这么多男人的面喂起奶来。

此时陈莲花的泪水一滴又一滴地掉下来了。

许久，大队长说："继续开会吧。"

第二天，陈金锁回家了。陈金锁一进村就听说陈莲花的事。因而金锁一进门，就狠狠地给了莲花一巴掌，骂："你做了这种伤风败俗的事，看今后谁会娶你。"

"我还不是为了你。"陈莲花捂着火辣辣的脸说。

"我还不如做阶级敌人。"

石头又哭起来，金锁的老婆撩起上衣，给石头喂起奶来。在乡下妇女喂奶，从不要避讳什么人。女人生了小孩，奶就变得不金贵了。

……

前些天，我回了趟村，陈莲花已五十多岁了。她一直没嫁，不是她不想嫁，而是没人愿娶她。我小心翼翼地问："你以前那样做，现在后悔吗？"

陈莲花摇摇头，泪水却汪了一眼眶。我忙转了话题，我怕见她的泪。

乌　鸦

　　二傻的院子里有棵枝茂叶盛的鸡公树，鸡公树上有两只鸟窝，一只鸟窝里住着一只喜鹊，另一只鸟窝里住着一只乌鸦。每天早晨，喜鹊便"加加"地叫两声。喜鹊叫时，二傻的父亲乐哈哈地笑："喜鹊给我们报喜呢，今天不知又有啥喜事。"二傻的母亲也笑着说："喜鹊叫得真好听，喜鹊一叫，我身上的骨头都酥了。"乌鸦有时也忍不住跟着"呱呱"地叫，二傻的父亲便拿石头扔树上的乌鸦。母亲对二傻说："快骂乌鸦。"二傻便骂："乌鸦对着我呱，乌鸦死了爷，娘在屋里哭……"后面的话，二傻忘了。母亲骂二傻："已教你一千遍了，还记不住。你这猪脑子！"二傻的母亲骂起来："娘在屋里哭，爷在山上放爆竹……"据说乌鸦是报忧鸟，乌鸦一叫，就有坏事降临，只有对乌鸦大骂，乌鸦的报忧才不灵验，才能化险为夷。

　　乌鸦不敢再叫了。

　　乌鸦对喜鹊说："人们怎么讨厌我的叫声，却喜欢你的叫声呢？你的声音并没有我的声音好听呀。"喜鹊说："我是报喜鸟，你是报忧鸟，人们自然喜欢我。"乌鸦说："那我今后只报喜，不报忧。"

　　这天，二傻的弟弟划火柴，把灶外的柴火引燃了，浓烟一个劲往外飘。二傻的父母都在田地里干活。乌鸦对喜鹊说："我得去叫他们回来灭火。"喜鹊说："那你不又成了报忧鸟？""那你说怎么办？眼睁睁地看着这火越烧越大，然后把这房子烧为灰烬？我办不到，我情愿他们讨厌我。"乌鸦说着飞走了。乌鸦在二傻父母的头顶上盘旋，并"呱呱"地急叫。二傻的父亲捡起块土坷垃扔乌鸦，二傻的母亲又骂乌鸦："乌鸦对着我叫，乌鸦死了爷……"乌鸦仍不飞走，叫得更急了。二傻的母亲说："是不是家里出了事？乌鸦给我们报信来了。"

二傻的父母急急地往家里跑。很远，便看到房子的上空浓烟滚滚。二傻的父母一边跑一边喊："快帮我救火，快帮我救火。"村里人都挑起水桶，拿着水盆跟在二傻父母身后。

火终被扑灭了。

二傻的母亲蹲在地上号啕大哭，乌鸦也"呱呱"地凄叫。二傻的父亲捡起块石头扔乌鸦，乌鸦飞了。乌鸦感到很委屈，如不是自己及时报信，那这房子已烧为灰烬。可他不但不感激它，还恨它。喜鹊说："谁让你是报忧鸟呢。"二傻的父亲也说："乌鸦一叫，坏事就到。还真灵。"二傻的父亲拿根竹篙捅乌鸦窝，竹篙短了，够不着乌鸦窝，二傻的父亲便爬树，爬到一人高，脚下一滑，一屁股坐在地上。二傻的父亲摸着屁股"哎哟哎哟"地呻吟。

乌鸦也对喜鹊说："我发誓，今后天塌下来，我也不报讯。"喜鹊不说话，只笑。乌鸦问："你笑啥？"喜鹊说："你做不到的。"乌鸦咬着牙说："我一定做到。"

但乌鸦还是没做到。

一条大蟒蛇进了院子，朝二傻的弟弟爬过去。二傻拿了根竹棍打蟒蛇。蟒蛇"呼"的一声蹿起来，缠住了二傻。二傻大喊："救命。"乌鸦一个直冲，对着蟒蛇的眼睛狠狠地啄，蟒蛇痛得松开了二傻，张开大口朝乌鸦扑去。乌鸦躲开了，对着蟒蛇"呱呱"地愤怒地叫。乌鸦对喜鹊说："你快去报信。"喜鹊说："我是报喜鸟，我只会报喜。"乌鸦说："那你来对付这条蛇，我让他们来支援。"喜鹊说："别吵了，我要睡觉。"喜鹊缩回窝里。乌鸦只有同蟒蛇斗。乌鸦知道它斗不过蟒蛇，它只有瞅准机会啄蟒蛇的眼睛。蟒蛇另一只眼睛又被乌鸦狠狠地啄了一下，血一下从蟒蛇的眼睛里涌了出来。蟒蛇逃了。乌鸦累得只想趴在窝里好好睡一觉，但又担心蟒蛇会再来，只有歇在树枝上"呱呱"地叫。

收工回家的二傻父母远远便听见了乌鸦的叫声，心猛地揪紧了，又出啥事了？要不这报忧鸟不会叫得这么急。二傻的父母加快了脚步。此时喜鹊也叫了起来，二傻的父母的心这才踏实了，报喜鸟叫了，不会有啥坏事。二傻见了父母，说："一条大蛇缠得我不能吸气，要不是乌鸦啄蛇的眼睛，我准被蛇吃了。"父亲说："你这个傻瓜，把喜鹊说成乌鸦了。喜鹊和乌鸦都分不清。"二傻说："真的是乌鸦。"父亲仍不信："好，是乌鸦，在你眼里喜鹊就是乌鸦。"二傻说："喜鹊是喜鹊，乌鸦是乌鸦。乌鸦啄蛇的眼睛，喜鹊趴在窝里睡觉。"父亲对二傻吼："别再说了。"二傻再不敢出声了。

二傻的父亲说："自从乌鸦在树上筑了窝，我们家没太平过，得把这乌鸦赶走。"二傻的父亲搬来梯子，拿着竹篙爬上梯子捅乌鸦窝。树枝一根根掉下来了，乌鸦在二傻父亲的头上"呱呱"地凄叫。片刻，乌鸦窝成了地上的一堆树枝。乌鸦伤心地飞走了。

这年夏天，二傻的弟弟在鄱阳湖畔玩水，脚一滑掉下了湖。站在树上的喜鹊看见了，"加加"地叫了两声。喜鹊猛地想到自己是报喜鸟，忙闭了嘴。如自己拼命地叫，那不成了报忧的乌鸦？那谁都讨厌自己。喜鹊只有看着二傻的弟弟在湖里手脚乱扑腾，头一会儿蹿出水面，一会儿沉到水里。片刻，湖面平静了。

上学的路有多远

　　梅子的弟弟都上学了，可梅子仍在家放牛。梅子吵着要上学。母亲说："女娃要上啥学？再说我们家也没钱。"村里女娃上学的少，穷是一个方面，主要还是重男轻女，认为女孩今后是别人家的人，念了书也是给别人家念的。梅子说："家里没钱，哥哥和弟弟怎么有钱上学？今年你再不让我上学，我不放牛，也不洗饭碗，啥事都不做。"母亲被吵烦了，说："你想上学行，那你自己去挣学费。"

　　那时一年级的报名费要三十块钱，还有四十天就开学了。母亲知道九岁的梅子四十天内绝对挣不到三十块钱。母亲要梅子知难而退。哪知倔强的梅子一口答应了。

　　梅子想到了卖冰棒卖冰糕挣钱，但梅子没有本钱。梅子的哥哥掏出一支钢笔说："这钢笔是我写作文在全校获第一名的奖品。这钢笔值三块钱，你把这钢笔卖了。"其实这支钢笔是梅子的哥哥捡的，他担心梅子不要他捡的东西就撒谎。梅子拿着钢笔去了村长家。梅子掏出钢笔说："村长，你能买我这支钢笔吗？"村长接过钢笔，这不是自己丢失的钢笔吗？"梅子，这钢笔哪儿来的？"梅子说了，还说了卖钢笔的缘由。"你想卖多少钱？"村长笑着问。"我哥说值三块钱。"村长掏出五块钱递给梅子："这钢笔值五块钱。"

梅子花两块钱买了一个塑料冰棒箱，然后批了十根冰糕，二十根冰棒。梅子第一天挣了九角钱。

　　许多次，梅子想吃根冰棒，每次拿了冰棒又放下了，有几次冰棒纸都揭开了，但被梅子重新包好了。口渴的梅子只有趴在水塘边或者趴在水沟边喝水。

　　梅子卖冰糕的第五天，她刚批了冰棒冰糕，突然下起雨来。梅子原以为雨下一会儿就停，但雨没有停的意思，一直下。梅子急得快哭起来，下雨天，天气凉爽，很少有人买冰棒冰糕，过一个晚上，冰棒冰糕就会融化。梅子带把伞在村里叫卖："冰棒，冰糕哟。"先是小石头买了一个冰糕，然后是小南瓜买了一个冰棒，连王婆婆都买了根冰糕。王婆婆一辈子没生育，吃五保，她平时从不舍得乱用一分钱，如今却花一角五分钱买梅子的冰糕。梅子心里知道王婆婆是在帮她，小石头小南瓜也是在帮她。

　　后来梅子再不在村里卖冰棒冰糕，而是去别的村卖。

　　一回，梅子背了一箱冰棒冰糕，没看清脚下，被一块石头绊倒了，冰棒箱也滚进了山沟，里面的冰棒冰糕散了一地。梅子爬下山沟，冰棒冰糕全摔碎了。梅子蹲在地上伤心地哭起来。陈福根老人见了哭泣的梅子，问梅子哭啥。梅子说："冰棒冰糕全碎了。"陈福根说："这有啥哭的？你想挣回损失的钱？"梅子点点头。陈福根掏出张纸，把纸铺在梅子的冰棒箱上，然后掏出笔写：儿子，我们村里的梅子靠卖冰棒自己挣学费，她摔了一跤，冰棒冰糕全碎了，你见了这封信，给她三块钱，这是她送这封信的报酬。陈福根说："你把这封信交给我儿子，他就会给你三块钱。你真帮了我大忙，这么热的天，我去镇里同儿子说上几句话，那不热死我不累死我？"梅子很高兴地接过信。梅子知道陈福根的儿子在镇里的百货公司上班。

　　梅子从陈福根的儿子那儿接过三块钱，去了批发冰棒冰糕的地方。批发冰棒冰糕的小伙子见了梅子，说："今天怎么卖得这么快？上学的钱还差多少？"梅子说："我摔了一跤，冰棒冰糕全摔碎了。"小伙子笑着说："摔碎得好。"梅子一脸愕然。小伙子说："批给你的冰棒冰糕坏了，变质了，一股苦味儿，不能卖，有人来退货，我才知道，所以这回给你的冰棒冰糕不收钱。"

梅子见了卖冰棒的木生，问："你的冰棒冰糕坏了没？"木生说："没呀！"梅子对木生说了小伙子不收她钱的事。木生说："他是在帮你呀！他想你能早些挣够学费。其实许多人在帮你！"梅子又想到她只要一到某个地方卖冰棒，那个地方卖冰棒的人就走了，他们都让着她，都不同她抢生意。

报名的第一天，梅子带着三十块钱来到学校。但梅子一打听，学费竟涨了，一年级的学费要三十五块钱。梅子很失望，陈寿桃老师抚着梅子的头说："怎不报名？"梅子说："还少五块钱。"陈寿桃老师笑了："你脚下不是有五块钱吗？"陈寿桃老师捡起钱递给梅子，梅子不接钱："这钱不是我的，不是我的不能要。"弟弟便拿了五块钱递给梅子："姐，我回家跟娘说不小心掉了五块钱，大不了挨一顿打。"梅子说："不行，我要自己挣钱。后天不是还可以报名吗？我再卖两天冰棒就是。"

梅子垂头丧气地回了家，母亲问："没报上名？"梅子说："学费涨了，要三十五块钱。"母亲说："你不是有三十五块钱吗？拿钱来我数数。"母亲接过梅子递过来的钱，数了一遍："这不是三十五块钱吗？这么大的人数钱都不会数。"梅子数了一遍，真的是三十五块钱。梅子知道母亲添了一张五块钱。这三十块钱，梅子不知数了多少遍。再说梅子的钱梅子认得。

梅子如愿以偿背上书包了。梅子读书很勤奋，每回考试都是全年级第一。

后来梅子考上了清华大学，她是全县第一个考上清华大学的。后来梅子出钱在村里盖起了一所学校，村里人都感激梅子。梅子说："该我感激你们，如没有你们的帮助，那我的上学路遥远得看不到头，是你们，让我的上学之路变得这么近，近得只要走几十步路……"两行泪水从梅子的眼眶里涌出来，梅子也不拭，任泪水尽情地淌。

一条水性杨花的蛇

这里说的蛇不是真蛇，而是一件木雕。一条蛇刚从一棵小树上下来，缠上了另一棵大树。因为那棵小树上还挂着蛇刚脱的皮。

木雕的底座刻着：一条水性杨花的蛇。

刘继华一进工艺品店，亮晶晶的眼珠就黏在这件木雕工艺品上。刘继华心里说，把这木雕送给梦影再合适不过。

梦影是刘继华以前的女友。他们好了四年。前些天，刘继华的大学同学高文海来玩。刘继华带着梦影请高文海去酒店吃饭。梦影一见高文海，眼里就放出异样的光彩。这光彩，刘继华觉得陌生。梦影已好久没用这种眼光看自己了。

高文海也有感觉了，对梦影有说不完的话，天文、地理，音乐、文学，军事、体育，话题极广，好像天底下的事没有他不知道的。但高文海谈得最多的还是文学，他自己就是省作协会员，而梦影也极其爱好文学。高文海极其健谈，幽默风趣的话不时让梦影笑得花枝乱颤。

那时刘继华就有一种可怕的预感，不好，他们俩触电了。

刘继华恨不得一把掀了桌子，拉着梦影就跑，今后打死也不让梦影见高文海了。

但刘继华脸上看不到一丝愤怒。

几天后，刘继华可怕的预感就变成可怕的现实了。梦影对刘继华说："对不起，我们好合好散，我们不适合。"

"你爱上了高文海？"

"嗯。"

过两天高文海就同梦影订婚了。他们竟给刘继华发来了请帖。

在这之前，刘继华一直犹豫去还是不去，如今见到了这个木雕，便拿定了主意，把木雕当做礼物送给梦影。刘继华想象梦影见到这木雕愤怒的样子时，得意地笑了：你不是一条水性杨花的蛇是什么？

两天后，刘继华带着包装好的木雕去了鄱阳湖酒店。梦影接过刘继华的礼物说："谢谢。你来了，我们很高兴。"

"祝你们白头到老。"刘继华说了一句，就朝一张空桌子走去。尽管有许多人喊刘继华去他们那桌坐，但刘继华怕知根知底的他们开出让他尴尬的玩笑来。

桌上的菜很丰盛，天上飞的，河里游的，海里爬的，山上蹦的。可刘继华没点胃口，胡乱地吃了几口菜就出了酒店。

一个星期后，高文海竟遇车祸了。高文海开着一辆桑塔纳与迎面而来的大货车碰上了。高文海当场就断了气。

许多朋友去看望梦影。

刘继华也想去看望梦影，但一想到他送梦影的那个木雕，便打消了这念头。他没脸见梦影。

后来，梦影的闺密胡月打电话给刘继华，说请刘继华吃饭，刘继华说："晚上还是我请你。"在饭桌上，胡月同刘继华扯了些闲话，然后再谈到梦影。胡月的意思是让刘继华同梦影重归于好。

刘继华摇摇头说："你别操这份闲心，我和梦影的事早就结束了。"

"可梦影还记挂你。"

"不可能。她这么快忘了高文海？"

"高文海同梦影好的同时，还同一个叫小琴的女人偷偷地好。小琴什么都对梦影说了。这样脚踏两只船的男人有啥惦记的？"

刘继华又同梦影重归于好了。

一回，梦影问刘继华："你知道我为什么想同你好？"

刘继华摇摇头。

"你忘了你送给我的生日礼物？你送的一对木雕鸳鸯，我极喜欢。我爱的是你的宽阔胸怀，一个有宽阔心胸的男人准是个好男人。"

刘继华听了这话，犹如坠入云雾。他明明送给梦影的是一件刻着一条水性杨花的蛇的木雕，怎么成了一对木雕鸳鸯？……对，肯定是高文海怕梦影见了他送的木雕会伤心，而自己去店里买了对鸳鸯，说是他送的。高文海既然什么事都为梦影着想，那他绝不会做对不起梦影的事。那时，刘继华感到极其羞愧。

刘继华忙给胡月打电话："那个小琴是谁？我想见她。"

"你见不到她的，她早离开了这个城市。"

"你别骗我，小琴这个人根本不存在，是你杜撰出来的。"

胡月沉默了会儿，承认了："对，我这样做也是为了让梦影早日忘掉高文海，为了让你们早些重归于好……小琴是谁？……她是我花钱雇的……"

"你放心，我今后会好好爱梦影的，谢谢你这么关心梦影……"

歌　王

　　被人称为歌王的李大耳，不但会唱许多歌，还会唱戏，京剧、采茶戏、豫剧、越剧都是张口就唱。李大耳的声音极好听，只要他一张嘴，连正在唱歌的百灵鸟，也闭了嘴。李大耳还会学女人腔唱戏，学得极像，如果不看人，只听声音，谁都以为是个女人唱的。更主要的是李大耳一唱戏，他自己就成了戏中的人。李大耳的戏总能让台下观众跟着戏中的角色一起喜怒哀乐。

　　赣山北区的人极喜欢听戏。不但男婆女嫁、娃崽满月、新屋上梁等红喜事唱戏，而且老人去世等白喜事也唱戏。

　　方圆几十里的人都以请到李大耳唱戏为荣，因而李大耳一天忙到晚，如人结婚，李大耳就唱：

> 手执明灯进洞房呀，
> 照见新娘好排场呀。
> 眼似秋水樱桃嘴呀，
> 十指尖尖肤如霜呀……

　　若老人去世，李大耳就唱：

> 锣鼓一响真凄凉哟，
> 孝堂一片泪汪汪哟……

唱词都是李大耳现场编的。

晚上，李大耳就教女儿唱戏。李大耳的女儿叫李小草。李小草生下来时，眼就瞎了。李小草的娘不想李小草拖累她一辈子，跟别的男人跑了。有许多女人想做李小草的娘，但李大耳怕李小草受委屈，一直未娶。李大耳的邻居何小芳也想李小草叫她娘，何小芳的丈夫病死了，何小芳带着儿子苦熬日子。李大耳说，等小草大了再说。

李小草十五岁时，开始跟着同李大耳上台唱戏。李小草音域极广，多高的调都能上。声音脆甜，但不腻，就如两块极薄的银片撞在一起。李小草的声音吸引了更多的人来听戏。

李大耳感到慰藉，他开初担心他死后李小草不能养活自己，现在好了，李小草今后可吃唱戏这碗饭了。

但李小草不喜欢唱戏，她喜欢唱流行歌曲。她总喜欢一个人跑到鄱阳湖畔的树林里，躺在绿意葱茏的草地上，唱：

> 你到我身边，
> 带着微笑，带来了我的烦恼……

再不就唱：

> 远方有个小男孩，
> 他从雨中慢慢走来，
> 啊，小男孩，你是否愿意跟我在一起……

李小草的歌声同绚丽的阳光融合在一起，在树叶上跳跃不停。李小草的歌声落在花上，花儿都开得更艳了；李小草的歌声洒在流水里，流水流得更欢了；蝴蝶听到李小草的歌声，舞得更美了；树林里欢唱的小鸟听了李小草的歌声，便羞愧得闭上嘴。

当然，李小草也有伤心的时候，她一想她的眼睛，鼻子就酸酸的，忧伤的歌声也从嘴里蹦出来：

都说那海水又苦又咸，
谁知道我的悲痛辛酸……

开得正艳的花儿在李小草的歌声中迅速枯萎了；蝴蝶停了飞舞，沉着脸一言不发地歇在草丛里；多愁善感的小鸟竟掉泪了。

但李大耳一听到李小草唱那流行歌曲，就生气："你唱这些歌有什么用？能唱饱肚子唱来衣服？要知道电视上没有一个瞎……"李大耳那个"子"刚要吐出口，想到会伤到李小草的心，忙闭了嘴。李大耳知道李小草想当个唱流行歌的歌星，上电视，去全国各地开演唱会。李大耳也知道李小草的声音比一些时时在电视上唱歌的歌星的声音要好听得多，但李大耳从来没见过瞎子在电视上唱歌。李大耳想打消李小草那想当歌星的念头。

李小草却听不进李大耳的话，一有空，就带着个小录音机学唱那些流行歌曲。李大耳也不好对李小草怎么样，他太疼爱李小草了。李小草长这么大，他不但没动过李小草一根手指头，还从没骂过李小草。

但当李大耳知道李小草同何小芳的儿子李树林好上后，极其愤怒："你，你才十七岁，你还太小，你不能把时间精力浪费在谈情说爱上……""我不小了，已十七岁了。"李小草很平静。"你，你……"李大耳气得说不出话来。"爸，我不想再唱戏，过几天，李树林带我去省城，找电视台的人，让他们听听我的歌。""你无法无天！……"李大耳抡起巴掌，可扬起的巴掌却落在自己的脸上。

这天晚上，李大耳躺在床上，李小草凄美的歌声一阵阵飘过来。"妈妈，梦中的妈妈，你现在过得好不好？……"李大耳的泪水扑嗒扑嗒地往下掉了。李大耳出了门，去了村后的树林里。李小草同李树林偎依在一起。李小草的声音颤抖得厉害："妈妈，梦中的妈妈，你在哪里？……"

"大耳，别过多干涉孩子。"李大耳一回头，是何小芳。何小芳说："我知道你心里很难受，你辛辛苦苦养大的女儿，从此最爱的人不是你，而是别人，我心里也难受，孩子大了……""我想不通。"李大耳的声音夹着哭腔，"我那么爱她，那么疼她……""天下父母都一样。回家吧。"何小芳拉李大耳的手，李大耳也拉何小芳的手。两人的手紧紧拉在一起。

去丽江

丽江的云很白，是那种一尘不染的白，像刚飘落的雪；丽江的水很清，清得能看见水底的鱼；丽江的山很绿，绿得发亮，耀人眼。

这是丽江一名叫何梅的读者写给钟鸣的一封信。

钟鸣是写小说的，偶尔能收到一些读者的来信。读者的来信，钟鸣一般都回。因何梅的信写得很长，信里又夹了一张照片。照片里的何梅很美，眼睛大，而且清澈；红扑扑的脸上有两个盛满笑意的酒窝；露出的牙白得发亮，且齐展展的；嘴唇红嫩得如一枚熟透的红草莓。钟鸣回信便回得极认真。

后来何梅便热情邀钟鸣来丽江玩。

钟鸣便来了，参加了一个旅行团。

丽江是最后一个景点。

钟鸣坐的中巴车到了丽江，便有许多女人往车这边跑来。她们手里拿着一些玉手镯、玉佩、玉戒指之类的玉器。她们的眼里满怀希冀，声音却很疲软："买手镯不？很便宜，五十块钱一个。若真心想买，四十块钱一个。"

但没有一个人买。云南是盛产玉的地方，他们在昆明、大理等地方已买了不少玉器，有些玉便宜得惊人，十块钱就能买到一个玉手镯。因而他们对玉器已没有多大兴趣了。

晚上，钟鸣就前往四方古城。

车子往四方古城开时，上来一个背着女婴的女人。女人也向游客推销玉器。此时天已经黑了，车内的灯很昏暗。女人的脸看不太清，当地的刘导游说："这姑娘的嗓子好，歌唱得很好听。要不要让她来两首？掌声鼓励她一下。"车上的人玩了一天都很累，因而听歌的兴趣不大，掌声便稀拉拉的。

女人接过话筒就唱："一天想哥千百次，想哥想得掉眼泪……"天籁般的歌声从女人嘴里飘出来了，车上的人全都鼓起掌来。

女人一连唱了几首。女人说："别光我一个人唱，你们也唱一首。"车上的人没一个愿唱。女人便指着钟鸣说："这位帅哥来一首吧。"钟鸣忙拒绝："不好意思，我不会唱歌，再说嗓子也不好。"女人很失望。

片刻，女人开始推销她的玉器。

却没有一个人买。

女人下了车，刘导游才说："这女人很可怜，父亲病死了，母亲又病瘫在床。嫂子嫌她家穷，扔下不满周岁的女婴儿跑了。哥到昆明打工去了，这个家就由这个女人支撑着。她每天背着侄女卖玉器，还得照顾母亲……"

钟鸣说："你怎不早说？要不我也买几件玉器。"车上有几个人附和钟鸣的话。

刘导游说："这女孩自尊心很强，她不要别人的怜悯。有一次，我劝游客买她的玉器，说女孩不容易，她一句话也不说便下了车。"

吃过晚饭，钟鸣掏出写有何梅地址的字条问刘导游："这地方离这还远吗？""你认识何梅？"刘导游一脸惊讶。钟鸣点点头："我同她没见过面，只书信来往。"导游笑了："刚才为我们唱歌的女孩就是何梅。"

导游把钟鸣带到一幢二楼的楼房前，说："到了。你去找她吧。"钟鸣心里说，这地方不错，如租给游客，都是一笔不菲的收入。导游似看穿了钟鸣的心思，说："这房子是别人的，她租了一层一间七八平方的房子。"

钟鸣便敲何梅的门。何梅见了钟鸣，问："你找谁?"钟鸣说："我是钟鸣。""快，快进屋坐。瞧这房子乱得……"何梅的语气显得极慌乱，脸上的神情也极窘迫。房子尽管小，但一点都不乱，东西摆得井然有序，饭桌上摆着一个花瓶，花瓶里插了一束叫不出名的野花，浓郁的花香一个劲往钟鸣鼻子里钻。

"不好意思，在车上，灯光太暗，没认出你。"

何梅笑了："我也没认出你。"

钟鸣同何梅聊到很晚才回宾馆。第二天一早，钟鸣吃过早饭对刘导游说："我想在这多待几天。"

钟鸣便这样留下来了。钟鸣想帮何梅撑起这个在风雨中摇摇晃晃的家。

只是几年后，何梅的侄女在地上跑了，何梅的儿子也出世了。两个人的日子依然过得窘迫，两人老是为了钱的事吵。钟鸣的小说写不出来了。一回钟鸣同何梅吵时，打了何梅一巴掌。

何梅离家出走了，再没回来。

钟鸣后来听说何梅同一个住在四方古城的画家跑了。画家五十多岁，在四方古城租了间店面，靠卖画为生。

钟鸣也想过走。但想到他走了，何梅的母亲没人照顾，便打消了走的念头。钟鸣只有背上儿子，向游客卖玉器赚两个小钱。钟鸣想何梅离家出走是一时昏了头，何梅清醒过来一定会回来的。

钟鸣也总坐刘导游的车回家，顺便在车上卖玉器。钟鸣下车后，刘导游便对游客说："这男人很可怜，老婆跟别的男人跑了。他既要照顾病瘫在床的母亲，又要养老婆的侄女。大家应该照顾他，买他的玉器。"

一游客说："你怎不早说? 要不我也买他几件玉器。"

刘导游说："他的自尊心很强，不要别人的怜悯……"

哭泣的青草地

当小娴见到这片青草地时，忘情地喊，真美！情不自禁地张开双臂，似要把这片草地拥入怀中。结果却是草地把小娴拥在怀里。小娴躺在柔软的草地上，闻着草地散发出清爽的绿色的香味，望着一团团棉花样的白云从头顶上飘过，听着阳光洒在自己身上的扑扑声。醉了。

草极绿，绿得发黑。

草地上开了各种野花，这里一朵，那儿一丛，白的，黄的，紫的，红的，这草地成了一张色彩鲜艳的大地毯。

几只在草地觅食的小鸟啾啾地叫着。小娴坐起来，把面包捏细，手一扬，面包屑纷纷扬扬地落在草地上。小鸟开初惶惶不安地叫。一只小鸟试探性地靠过来，啄吃面包屑。其他的小鸟见没危险，都靠过来。

后来小娴把一小块面包放在手掌上，一只小鸟竟站在小娴的手掌上，一下一下啄吃着面包。小娴觉得掌心里痒痒的，终忍不住笑出声了，小鸟吓飞了。

此时，一只狗汪汪地朝小娴叫。狗很凶，龇牙咧嘴的，身上的毛全竖起来。草地上的小鸟全吓飞了。狗朝小娴一步步逼近，小娴站起来慌跑，小狗也在后面追，小娴惊恐地尖叫。眼看狗要追上小娴，一个人叱住了狗。

小娴双腿一软，瘫坐在草地上。

叱住狗的是个小男孩。

小娴对小男孩说："谢谢！"又问："这狗是你的？"小男孩摇摇头："不是。我们村就七户人家，狗同村里所有人都熟。"小娴又问："你多大？"小男孩说："十岁。"小娴的心猛然痛起来，如果……那自己的儿子就同眼前这个男孩一样大。只是那时小娴高估了自己，以为自己有了小孩，他就会离婚会同她结婚。让小娴没想到的是他留下一笔钱后，就永远在她的视线里消失了。小娴靠那一笔钱，先做些小生意，后来开了个公司，生意也越做越大。

"你叫什么名字？"小娴问，"你没上学？"小男孩说："我叫石头。我没上学，家里没钱。"

小娴突然看见石头耳根后有块红胎记，心怦怦地乱跳。她儿子的耳根后也有块红胎记。小娴深吸了一口气，心才不跳得那么急。小娴说："能带我上你家看看吗？"

石头在一幢低矮的泥坯屋前停下了："这是我家。"土坯屋裂开了几道指头样粗的缝，墙面也歪了，屋上盖的是稻草。这屋随时会倒塌。石头推开门，小娴跟了进去。一个瞎眼女人正在扫地。石头抢过瞎眼女人手里的扫帚："娘，我来扫。"小娴对瞎眼女人说："大姐，你真有福气，生了一个这么聪明的儿子。"瞎眼女人叹一口气："唉，老天爷对我不公，让我眼瞎不算，而且让我不能生育。"瞎眼女人的话让小娴的呼吸又急起来："那石头不是你生的？"瞎眼女人拿衣袖抹了下眼睛："他是去年才来我家的，我男人去县城，见他捡破烂，就把他带回来了。"

小娴决定帮助石头。小娴从包里掏出纸笔，记下了石头家的详细地址。小娴摸着石头的头说："我回家后就给你寄钱，让你念书。"

小娴回到景区的宾馆后，导游问："你去了哪里？我找你找了好久。"小娴说："真不好意思，我迷路了。"

几天后，小娴回家了。小娴第二天就去邮局给石头汇去八万块钱。小娴想到石头有书念了，有新房住了，有好日子过了，心里特开心。只是小娴不敢再想石头是不是她儿子的事。小娴想石头即使是她亲生儿子，她又能怎么样？她能认石头这个儿子吗？当然不能！只要认了石头这个儿子，她现在的家就会破碎。小娴只有想，石头绝不是她儿子，世上不可能有这么巧的事。

一年后，小娴又见到这片绿意葱茏的草地。

只是小娴没想到草地里立着两座坟，一座大坟，一座小坟。小娴不敢在草地上坐了。小娴想早些见石头，就去石头家。去年的那座泥坯屋没了。小娴就问村里一老人："大爷，你知道石头住在哪？"

"石头？石头已死了半年。"

小娴怎么也不相信老人的话："什么？你说石头死了？怎么会呢？我给他家寄了八万块钱帮他们呀。"

老人点点头："他就埋在那片草地里。"

"石头怎么……怎么会死呢？"小娴的嘴唇动了动，却没说啥。许久，许久，她才说出这句话。

小娴从老人嘴里知道，石头的父亲从邮局取了八万块钱，没再回家。他不要瞎眼女人和石头了。他有了八万块钱，就会有老婆，有了老婆就会有亲生儿子，他想要亲生儿子。瞎眼女人一下病倒了，十几天后就死了。石头成了孤儿。冬天的一个晚上，石头极冷，想烤火，便在床边烧木柴。火烧了房子，也把石头烧死了。

老人对小娴说："要是你没给石头寄那么多钱就好，那石头仍过得好好的。"

小娴也没想到是这样的结果。

小娴来到石头的坟跟，跪下了："石头，我想让你过上好日子。却没想到害了你……"泪水顺着小娴脸颊一个劲地往下淌。后来声音吐不出来了，变成了呜呜的哭泣。小娴的身子也跟着剧烈地抽动，双手在草地上磨来磨去，偶尔撕扯着草地。

两只乌鸦飞来，落在草地上，"呱呱"地凄叫起来。

一只狗对着跪在草地上哭泣的小娴"汪汪"地叫。

身后的门

一扇门，木的，挺厚实。门紧闭着。

他肩上背着一个包，包很大，很沉。他举起手，却停在那儿，许久，才敲门。一下，很轻，木门发出很沉闷的声音。他又敲，这回手上用了力，"着，着"，门仍紧闭着。

屋里，她想去开门。父亲拉住她。她想挣脱父亲的手，却挣不脱。父亲的手像铁钳一样钳着她的手臂。

"着、着、着……"

一下、两下、三下……

泪水从眼里盈出来，在她脸上刷刷地流。

他叹口气，走了。他走几步，就往后看，他希望门突然开了。然而，他走了很远，身后的门还是紧闭着的。他叹口气，加快了步子。

许久，门开了。他却看不见。

她疯了样地跑到村口，却没他的影。她一屁股瘫坐在地上……

一扇门，铁的，朱红色。

"着、着、着……"他轻轻地敲门。

"妈，有人敲门。"一个十岁左右的女孩说。她不出声，浑身轻微颤抖着。

"着、着、着……"

门固执地响着。

女孩要去开门，她看了一眼黑相框的他，摇摇头，拉住了要去开门的女儿。"妈，你咋不开门？"她小声地说："这门不能开。"

门不响了，有了渐远的脚步声。

她打开门，往外面看，夜黑得如墨，她什么也看不见，但仍看。

"妈，关门吧。"

门又关上了。

她躺在床上，竖起耳尖，门咋不响呢？又想，门不响才好。

一扇门，木的，门很薄。

"着、着、着……"谁在敲门？是他？准是他！昨晚她还梦见他，梦见他死在她怀里。他说过他要死在她怀里。

她起了身，去开门。她拉住了："妈，你不能去见那个醉鬼。"她挣扎。"妈，人家会说闲话的。"

她早已知道母亲和门外面那个男人的故事。门外的男人在外发了一点财，却一直未娶，钱全扔进了卖酒的小杂货店。他喝酒必醉，一醉就喊她母亲名字。

"着、着、着……"门固执地响着。

"他要死了，让我最后见他一面，妈求你了。"

"不行。"声音很冷硬。

门不响了，"扑通"一声，一个重物倒在地上的声音。

他倒在她门前死了。

"着、着、着……"一年轻人站在门外敲门。

她要去开门。她拉住了。

"妈，求你了……"

"不行！他太穷，你嫁给他不会幸福的。"她死死拉住女儿手臂。

年轻人敲了许久的门，门仍没开。年轻人叹口气，拎起地上的皮箱，走了。

年轻人走几步就回头看一眼，他希望门开，然而，身后的门一直是闭着的。年轻人叹口气，加快了步子。

……

纳 闷

　　水生第一次偷的竟然是一袋谷种。谷种是杂交的新品种，是村主任福生从县种子公司买来的。

　　因天黑了，福生准备第二天分谷种。

　　福生出门时，水生还在看报纸。福生说："支书，还不回家？"水生说："你先走吧。"福生出门时，拉亮了灯，水生像没发觉，仍看他的报纸。

　　第二天，福生吃过饭，一进村委会，傻了眼，谷种不见了，福生惊出了一身汗。谷种六十斤，一斤四块钱，赔二百四块钱事小，问题是这谷种是县种子公司按指标给的，大村给一百斤，小村给六十斤。

　　这时，水生进门了。

　　福生说："支书，谷种丢了。"水生一脸惊愕："丢了？"福生说："丢了。"水生问："谁偷走的呢？"福生摇摇头。水生说："这钥匙只有我们两个人有，你不会怀疑我偷的吧？"福生说："支书说哪里话，支书偷谷种干吗？是不是小偷撬开了窗子的插销，爬进来了？"福生一看窗户，插销好好的，"要不就是谁配了我们这门的钥匙。"

　　进来了几个分谷种的村民。

　　水生说："谷种被人偷了。""偷了？"村民都有点不相信。谷种放在水生和福生的办公室，门锁、窗锁没撬开的痕迹，小偷怎么偷？水生说："是偷了，你们不会怀疑我偷了谷种吧？"村民都说："我们哪会怀疑支书偷谷种？支书偷谷种有啥意思？一二百块钱的东西，白给支书也不要。""也是，地上有一百块钱，支书也懒得弯腰捡，还要这谷种？"水生说："可这谷种实实在在的不见了，我没偷，那谁偷了呢？"村民狐疑的眼光就落在福生脸上。福生的脸就红了："我不会偷谷种。"水生说："那是我偷的？十年前我已经偷过一回谷种了。"福生的脸更红了，手脚都显得多余样，不知放哪儿好。"支书，别这样说，以前都是我的不对，错怪你了，大人不记小人过……"

事实上，那袋谷种是水生偷的。

昨天傍晚，福生走后，水生的目光落在谷种上。想起十年前的事，心竟针刺了样痛。那时，水生家很穷，穷得吃了上顿愁下顿，村里丢了一袋谷种，福生竟说是水生偷的，理由是水生家是村里最穷的。凭水生怎么说他没偷，福生还是不信，福生还带人在水生的家里翻了个天翻地覆，仍没找到。福生就说水生把谷种藏到哪个亲戚家里去了，弄得水生没脸做人。水生在村里待不下去，去了南方。水生在一家砖瓦厂学烧砖，水生能吃苦，仅两年，水生就学会烧砖的绝活。后来水生承包了砖厂，几年后，口袋就鼓了，那可不是一般的鼓，而是鼓得口袋都快撑破。水生不想一辈子在外混，把砖厂转给了别人，回村了。水生在村里办了个砖瓦厂。水生厂里的砖烧得好，又卖得比别人厂里的砖便宜，因而水生的生意极好，钱又大把大把进了水生的口袋。

后来，村民选举村支书时，水生给每户村民一百块钱，水生被选上了。水生又到乡里"活动"了一下，因而水生就成了村支书。

水生拎那袋谷种时，心里说，你们十年前不是说我偷了谷种吗？我这回就真的偷一次，要不，十年前白白被冤枉了。再说，这可栽到福生头上，也算报了一箭之仇。

村民真的以为福生偷了谷种。水生那么有钱，绝不会偷这只值两百块钱的谷种。福生已脸红耳赤，语无伦次的："我真的没……没偷……"福生的声音怯怯地颤抖着。福生这心虚的样子更让村民以为谷种是福生偷的。

水生心里得意地笑了。十年前，水生也是这样说的，可福生说："你说没偷谷种，脸红干吗？这不是做贼心虚吗？"水生对村民说："这谷种丢就丢了，可能那个人一时糊涂，这事就别追究了。这谷种在我的办公室丢了，我也有责任，我个人拿三百块钱赔你们的谷种。你们放心，下午我就去县里想办法弄谷种来，不能误了播种的时节。"

后来，水生又偷了几回东西。开初，水生是故意偷，水生想，我就不信村民会怀疑是我偷的。

村民真的从没怀疑过水生会偷东西，不相信的理由很简单，水生那么有钱的人怎么会偷这样不值钱的东西。

水生偷顺手了，后来一见他喜欢的东西，手就痒，就情不自禁去偷。

一回水生在一酒店，看中了一个男人的打火机。水生的手从男人袋里抽出来时，被男人抓了个正着，水生的手里还捏着打火机。其实那打火机很便宜，十块钱就能买到。

男人把水生送进了派出所。

村民听说了这事，都挺纳闷，水生这个百万富翁竟去偷十块钱的打火机？

疯女人

　　李光南在鄱阳湖上坐了五小时的船，然后爬了两小时的山路，到达蛤蟆村时，天已黑了。此时的李光南冷得瑟瑟发抖，肚子里也像有鸡爪样的东西抓个不停。冷风呼呼地狂叫，风裹着沙子砸在脸上，火灼样辣辣地痛。灰色的云严严地压在头顶上，要下雪了。

　　得在蛤蟆村借宿了。李光南敲开一家的门，那人一见李光南，就砰的一声关上门。李光南又敲门："大哥，能否借宿一夜？""不行。"语气斩钉截铁的，没点商量的余地。

　　李光南又去敲第二家的门。

　　门开了，又关了。

　　李光南想，或许自己一副坏人相吓住了他们。唉，谁叫自己一脸的络腮胡，头上却稀拉拉的没几根头发？报社的同事都笑他该多长毛的地方却少长毛，该少长毛的地方却多长毛。

　　李光南一连敲了几家的门，可他们一听说李光南借宿，都极快地把门关上了。

　　一男人对李光南说："你就死了这心吧，我们这村现在从不让人借宿。"李光南问为什么，男人说："我们村曾有一户人家留人过宿，那歹人不但杀死了男人，还强奸了女人，抢走了一切值钱的东西，后来那女人也疯了。"

看样子自己得露宿一晚上，那不饿个半死也得冻个半死。去镇上吧，还得走三十里山路，路都是羊肠小道。这黑灯瞎火的，一不留神，就得掉下山崖。而这山里又有很多狼，如回镇上，不摔死那也得被狼吃了。

李光南又一家门一家门地敲下去。

李光南也不知敲了多少家门，终于有人愿让他借宿。那一刻李光南的眼里涩涩的，李光南不停地说："谢谢，谢谢。"声音一抖一抖的。

女主人为李光南弄吃的。

"嫂子，你真是个大好人。全村里人只有你愿让我借宿。""他们都怕你是个坏人。可我一看你的眼睛就知道你是个好人，坏人不会有你这样的眼睛。""是的，我是个好人，我是报社的记者，去最偏远的牛角村采访，回来天就黑了。"

一碗热气腾腾的面条端上桌子，面条里面还卧着三个鸡蛋。"在乡下没有啥招待你的，你将就填饱肚子吧。"李光南知道面条里卧三个鸡蛋，那是乡下人招待贵客的。一般只有亲家母、媳妇、女婿第一次上门，才在面条里放三个鸡蛋。

"大嫂，大哥呢?""他在城里打工，他是世上最好的男人，他在家时，重活累活从不让我干，有好吃的，他舍不得吃，总留着我吃，一回他帮人打基沟，早餐每人有两个茶叶蛋，他舍不得吃，藏在口袋里留给我吃。他也舍不得把我一个人扔在家里，可他想多挣点钱，想让我们过上好日子……瞧，我说哪里去了……你先吃，要冷了，我去喊我儿子来吃饭，他在邻居家耍。"

片刻，女人带着一个十三四岁的男孩进来了，男孩一见李光南，一脸惊慌："妈，坏人，坏人，他会杀了我们，看，他还有刀。"女人说："他是好人。"李光南从腰间解下刀，说："小朋友，我这刀是防野兽用的，现在用不着，送给你留个纪念。"

男孩拿着刀向李光南刺来，李光南躲过去了，女人抢下男孩手里的刀，打了男孩一巴掌。男孩"哇哇"地哭起来，女人忙向李光南赔不是：

"不好意思，他以前受了惊吓。一朝被蛇咬，十年怕井绳。"女人又对男孩说："儿子，你说，一个人被一只狗咬了一次，难道那个人今后一见狗，就把狗打死？"男孩说："他就是坏人……妈，你忘了爸是怎么死的？"

李光南吃惊地望着女人，女人说："我儿子胡言乱语的，你吃面，快趁热吃。"李光南吃完一碗面条，掏出十块钱压在碗底下，就告辞。李光南不想让男孩感到恐惧。女人不让："这黑灯瞎火的，你去哪？你如看得起我这个疯女人，就在这留宿吧。哦，人家都叫我疯女人，其实我自己觉得我没疯，你看我像个疯女人吗？"

李光南摇摇头："不像，一点也不像，你没疯……你执意留我过宿，就借床被子给我，我在你屋檐下蹲一夜。""你是怕人家嚼闲话？他们爱嚼就让他们嚼。只要我男人相信我就行，我男人从不怀疑我。""你不借被子给我，我就去蛤蟆镇。""可这天寒地冻的……行，我拿两床被子给你。"

后来，女人睡梦中被几声惨叫声吵醒，左邻右舍也醒了，都起了床。女人一开门，三匹狼扑在李光南身上撕咬着。

女人顺手拿起锄头砸向狼。

一匹狼朝女人扑来。幸好左邻右舍来了，三匹狼跑了。

李光南的血淌了一地，女人把李光南的头抱在怀里："你别死，千万别死，都怪我，我没让你睡屋里，我，我好后悔……""嫂子，你是世界上最好的人……"李光南还想说啥，嘴动了动，却没一个字吐出来。李光南的头一歪，眼睛永远地合上了。

一到黄昏，女人就站在村口。女人一见陌生人，就拉："天晚了，去我家过宿。我不会让你睡屋檐下，我让你睡我的床……"

村里人都说，疯女人这回疯得太厉害了。

但此后一有人来村里借宿，村里人都热情地答应，并拿出家里最好的东西招待借宿的人。

送给继母的生日礼物

继母第一次进我家门时，父亲说，永林，叫妈。我头一扭，哼一声，说，我妈早死了。父亲很生气，顺手给了我一巴掌。父亲再扬起手时，继母忙把我搂在怀里，继母替我挨了父亲一巴掌。我从继母的怀里挣扎出来，跑到村后的树林里，在母亲的坟前跪下来，妈，你咋扔下我不管，爸再不要我了……我伤心地哭了许久。

永林，回家吧。我一抬头，继母站在我身后。继母也一脸的泪水。继母说，姐，你放心，我会把永林当做我亲生的儿子，该疼时疼，该打时打。

继母拉着我的手回家。但进村时，我甩脱了继母的手。我不想让村里人看见我同继母这么亲昵。我故意跑到继母的前面。继母看穿了我心思，说，你这娃。

那时我家就父亲和继母两个劳动力，生产队照劳力分口粮。我们姊妹五个都是长身体的时候，特能吃。因而我们家总是吃了上顿愁下顿。继母就在屋后种南瓜，在树桩下种丝瓜。继母为了多挣两分工分，每天天没亮就进城挑粪。挑担粪，队里记两分工分，合八分钱。父亲要去挑粪，母亲不让，母亲说父亲白天做重活太累。

继母进我家半年后，竟怀孕了。继母高兴得哭了，原来我能生，我能生。继母泣不成声，继母同原来的男人一起生活了七年，没有怀孕，那男人以为继母不能生，对继母不是打就是骂。在农村，一个女人若不能生育，全村里人看不起，一同人吵架，人就骂绝户、石女。继母因不能生育，那男人同继母离婚了。若不是继母不会生育，也不会嫁给有五个娃的父亲。

父亲也为继母高兴。晚上，父亲从供销社买来二两白酒，自斟自饮。

那时我想，继母待有了自己的小孩，今后更不会喜欢我们了。

但让我们一万个想也想不到的是，继母竟瞒着父亲去了医院，流产了。父亲气得脸都青了，他不停地骂继母。继母说，我们家如再添张嘴，那他们姊妹五个都得挨饿。再说我们已有了五个娃，不能再要了。

我的眼眶发涩，我忙低下去。我不想继母看见我眼里的泪。

五天后，继母又进城挑粪了。继母因身子虚，挑粪时，两腿不住地抖，后来被一块石头绊了一下，摔倒了。说，娃他爸，粪桶摔破了，又得花钱修。继母一脸的愧疚。父亲啥话也说不出来，只一个劲地叹气。

还有五天就是继母四十岁的生日。

弟妹花一块钱为母亲买了一双棉纱手套。继母的手已冻裂了。弟妹已同继母很亲了，他们早把继母当亲妈了，嘴里"妈"上"妈"下的，叫得极甜。其实我心里叫"妈"已叫了上千遍，但当着继母的面就是张不开嘴。有几次张了嘴，"妈"字却堵在喉咙口，就是吐不出来。

我该送什么礼物给继母呢？左想右想，突然眼前一亮，有了。继母生日这天，我要赶在继母醒来之前，去城里挑担粪回来。当继母去挑粪时，哈，粪桶已满了。那时继母不知有多高兴。这样想，我激动得睡不着。继母准喜欢我送给她的生日礼物。

这晚，我醒了许多次，生怕一觉睡到天亮。迷迷糊糊时，我听到公鸡叫了。公鸡叫第三遍了，天快亮了，我悄悄了起了床，出了门，挑着粪桶就走。

走到造船厂，门是关的。我大声地叫门。一位大爷起了床，你干吗？我说，挑粪，我是星火村的。村里把造船厂的粪包下了，每年给造船厂点钱。大爷说，现在才两点，你咋这么早挑粪？我说，我没表，不知道时间。我听见公鸡叫，以为天快亮了。大爷开了门。我装满了一担粪，粪桶上肩时，两腿晃了一下，我站稳了。试着迈了一步，接着迈了第二步。出厂门时，大爷说，你挑少点。我说，挑少了，队里只给记一分工分。

走了一点路，我的肩就痛。换了个肩，但片刻，肩又痛。我不断地换肩，粪桶从左肩换到右肩，右肩换到左肩。两条腿也灌了铅似的挪不开。实在走不动了，就歇一会儿。

后来粪一上肩，肩就火灼样的辣辣地痛。肩已磨破皮了，出血了，衣服上也是血。我咬着牙一步步往前移。

那时路上没一个人，路两旁的树林里不时传来猫头鹰的怪叫声，但我一点儿也不觉得怕，只觉得累。

到家了，我把粪放下，轻轻地推开了门，蹑手蹑脚上了床。没过多久，我听见门吱呀一声响，继母开门出去了。片刻，门又吱呀一声响，继母回来了。我听见继母问父亲，娃他爸，你去挑粪了？父亲说，没有呀。继母同父亲来到我房里，我故意装睡，打着轻微的鼾声。但我感觉到有人掀我的衣领。我说，谁呀？翻了个身。我不想继母看见我血肉模糊的双肩。继母说，永林，别装睡，我知道是你，瞧你的肩……继母哭出了声。

妈，这是我送你的生日礼物。

我的好娃，妈没白疼你们，妈苦得值……继母一把搂住我，泪水扑嗒扑嗒掉在我脸上。

哦，我娃长大了懂事了……父亲想说的话也哽在喉下，吐不出嘴了。我还想说，妈，我爱你。这几个字却怎么也说不出口。

嫁的理由

　　阿凤想进村里的玩具厂。阿凤为治男人的病为办男人的丧事欠了一屁股债。阿凤若靠种一亩薄田地还债，那一辈子都还不清。可进玩具厂，得村长同意。

　　阿凤就去求村长。

　　可空手求村长办事，村长不会办的。可家里穷得实在没啥拿得出手的东西，后来，阿凤从一口木箱里翻出一双白帮黑面灯芯绒布鞋。这双布鞋还是她出嫁前给男人做的，但男人舍不得穿，一直压在箱底里。阿凤拿一张报纸把鞋包了，夹在腋下，去了村长家。

　　村长家有许多求村长办事的人，阿凤就站在门外等。冷风裹着沙粒打在阿凤脸上，热辣辣的痛。天也黑下来了，阿凤就那么孤苦无助地站在寒风里。这时，凄凉的泪水也漫出眼眶，流了一脸。

　　村长送最后一个客人出门时，见了阿凤，忙说："天这么冷，咋站在外面？快进屋，要不会冻坏的。"

　　阿凤局促不安地站在屋里，手脚显得多余样，不知放哪儿好。

　　村长说："你坐呀。"

　　阿凤不坐。阿凤说："村长，我想进玩具厂挣点现钱。我一个人拉扯着一个孩子种一亩薄田，肚皮都填不饱。"阿凤说着，泪水又掉出眼眶。

阿凤忙低下头。

村长打了个哈欠说："玩具厂再也不要人了。如今后要人，我就通知你。"村长的声音疲倦得没筋没骨，村长已很累了。

阿凤说："村长，我没啥好东西谢您，就送您一双布鞋。这布鞋是我做姑娘时一针一线做的。"

村长接了布鞋，脸上有了笑。村长说："这布鞋底纳得真厚，针脚又密又细，穿在脚上准很暖和。谢谢你！"

阿凤就告辞。

村长叫住了阿凤说："你明天就去玩具厂上班吧。"

"谢谢！谢谢……"那时的阿凤想把世上所有的好话都说出来，嘴里反反复复的却只有这一个字。

阿凤进厂后，干活极认真，加上她心灵手巧，因而做出来的玩具全是一等品。阿凤便当上质检科的科长，阿凤每个月的工资涨到五百元钱了。

但阿凤一万个想不到，村长竟喜欢上了她。这天下午，村长把阿凤叫到办公室，村长又是让座又是倒茶。阿凤说："村长，您找我有事？"村长说："其实也没事。啊，不，有事，有事。"村长语无伦次的。最后村长牙一咬说："你嫁给我吧。"村长说完这话，长长地嘘了口气。

阿凤就木在那儿。

村长说："我会让你过上好日子的。"

阿凤说："让我考虑一下。"阿凤逃也似的出了门。

两天后，阿凤拒绝了村长。阿凤尽管知道自己如嫁给了村长，会过上让村里人眼馋的吃香喝辣的好日子，还可以住上别墅样的三层楼房。但阿凤觉得她和村长的差距太大，村长想娶她，并不是喜欢她，只是村长需要一个女人。换句话说，只要是个年轻貌美的女人，村长都可以娶。

"你不怕丢掉你这份工作？"村长问。

阿凤如实地说："怕。但我想你不会那么做，因为这是两码事。"

阿凤仍在玩具厂里干。

只是半年后，村长因贪污受贿而免了职，村长的家也被封了。好在村长贪污的几万块钱都没花，且认罪态度极好，因而村长只关了三个月，就放出来了。

村长自然不能再当村长了。

没多久，传出阿凤同村长结婚的消息。

是阿凤主动同村长好的。村长说："我现在成了穷光蛋，再说年龄也比你大十几岁。"

阿凤说："我现在才知道你真的喜欢我。我送给你的那双布鞋，你只在向我表露心迹的那天穿了一次。你一直舍不得穿，就像我以前的男人那样。"

村长说："那你不怕失去这份工作?"因换了新村长，原村长以前用的人，新村长都不会用，他要用自己的人。

阿凤说："不怕。今后有你为我遮风避雨。"

那时村民都觉得怪。村长以前有钱有势，阿凤不嫁，现在村长啥也没有了，阿凤倒要嫁给他。

许多人问阿凤："你为啥要嫁给他?"

"他是个善良的人。我以前仅送了他一双布鞋，他就让我进玩具厂了。另外，他爱我。"

阿凤嫁的理由就这么简单。

阿凤在一个阳光灿烂的日子进了村长原来的泥坯屋。村长那天穿上了那双白帮黑里的灯芯绒布鞋。

只是村长在第二天就把那双布鞋脱下来，拿报纸包了，放进放有樟脑丸的木箱里。

广陵散

嵇康的死与《广陵散》有关。

魏晋时代的"竹林七贤"在全国很有名，而"竹林七贤"之首的嵇康更是家喻户晓的人物，是读书人的领袖。

嵇康把一首《广陵散》弹得出神入化，人都说再没第二个人能把《广陵散》弹得这样好。

钟会却不服气。钟会是曹操的大红人钟繇的儿子。钟会自幼饱读诗书，作诗出口成章，都称神童，长大后投靠了司马昭，成了司马昭的大红人。钟会也喜欢弹《广陵散》。恃才狂傲的钟会想同嵇康比个高低。钟会派人下了帖子，要嵇康去他府上弹《广陵散》。

嵇康答应了，但弹《广陵散》的地点选在竹林。

嵇康仅见过钟会一面，是钟会来见嵇康的，那时嵇康正光着胳膊打铁，没理会钟会。神色倨傲的钟会也不同嵇康打招呼。过了很长时间，钟会悻悻地要走，嵇康才问："何所闻而来？何所见而去？"

钟会答："闻所闻而来，见所见而去。"

其实嵇康早已知道他是钟会，只是嵇康瞧不起钟会。钟会是读书人，却为了荣华富贵，背弃曹操投靠司马昭，这让天下读书人耻笑。

嵇康和钟会比赛弹《广陵散》的消息风一样传开了，从四面八方来的人潮水一样淹没了竹林。

先是钟会弹。

人们从钟会的弹奏声中听到了风的狂叫声，听到了轰轰的雷声，还有一些悲壮的东西。

钟会弹完了，响起一阵掌声，还夹着一片喊好声。

临到嵇康弹时，竹林里鸦雀无声。人们从嵇康的琴声中见到聂政怀揣着刀踏上刺杀韩王的路，听到了聂政说话的声音，闻到了聂政身上汗水的味道。后来人们见到聂政死在乱刀之下时，许多人放声恸哭。

许久，才响起雷鸣般的掌声。

所有人的脸上都挂着泪痕。

一脸悻色的钟会拂袖而去。

嵇康这回的弹奏为他的死埋下了伏笔。钟会对司马昭说："大将军，嵇康是个人物。他若不能被您所用，也不能被别人所用。"

其实司马昭几次想让嵇康离开竹林，出来做官，而且想让儿子司马炎娶嵇康的女儿。嵇康的女儿嫁给了司马炎，今后要做皇后的。但嵇康拒绝了。嵇康是曹操的孙女婿，他不能做第二个钟会。

这事轰动朝野，在读书人中成为美谈。嵇康的名声也更响了，同时离死亡也越来越近了。

没过多久，嵇康便被钟会关进牢房。钟会给嵇康的罪名是谋反罪。嵇康一介书生，怎么谋反？但欲加其罪，何患无辞？

司马昭亲自设宴招待嵇康。

司马昭说很想听嵇康弹《广陵散》。司马昭给掉入水中的嵇康抛下一根绳子，嵇康不接。如若嵇康肯弹《广陵散》，那就表明嵇康有归顺之心。嵇康回绝了，说没兴趣弹。

嵇康选择了死。

消息传开，全国数万名读书人群情激奋，声称和嵇康一起死。既然是你们自己想死，那就怪不得我。屠杀曹氏家族的屠刀又挥向读书人。

《晋书》记载嵇康死的那天有金灿灿的太阳。阳光洒在穿着红袍的嵇康身上，像涂了一层红色光晕。

司马昭亲自临斩。司马昭问嵇康还有什么要求时，嵇康说要弹《广陵散》，司马昭同意了。

嵇康一弹奏，头顶上的太阳忽儿不见了，阴云却是愈压愈低，一时电闪雷鸣，寒风呼呼地呜叫，地上的纸屑灰尘漫天飞舞。狂风不断地把沙子砸在人的脸上。成千上万只乌鸦在空中呱呱地乱叫。

暴雨倾盆而下。

围观的万余名群众纷纷跪下了，都仰头望天号啕大哭。

《晋书》载："《广陵散》于今绝矣！"又载："海内之士，莫不痛之。"

《广陵散》也成了嵇康的绝响！

《广陵散》也因注入嵇康视死如归的精神，在后来很大一段时间都是天下第一名曲。

在嵇康死的第二年，钟会也被司马昭杀了。钟会率二十万大军攻入成都灭了蜀国，自恃手中握有重兵，有了反心，手下人告密，被司马昭擒住了。钟会砍头前也提出要弹《广陵散》。

司马昭一脸的鄙夷，冷笑一声：你不配。

桃　园

桃花开得最灿烂的时候，桂英回家了。

桂英三年没回过一趟家。

在外打工的三年，桂英不但把自己嫁出去了，而且有了个一岁的儿子。

"我还以为你一辈子不回家。"桂英的母亲月娥流着泪说。桂英的父亲宝山说："哭啥？该高兴才是。"

桂英的男人大伟说："爸、妈，我们应该早些回来看你们，可娃儿太小……都是我们的错。""回来就好，回来就好。一家人别说见外的话。"宝山说着递给大伟一支烟，大伟摇摇手："爸，我不会。啊，抽我的，瞧我不会抽烟，不记得敬烟。"大伟忙从口袋里掏出一包"红双喜"，撕了口，抽出一支，双手递给宝山："爸，抽烟。"宝山不接，抽自己的烟。大伟拿烟的手很尴尬地停在空中。

大伟便把烟敬给了旁边看热闹的村里人，大伟又给小孩撒糖。

一屋的笑声。

两只喜鹊也歇在桃枝上，"加加加"地叫个不停。

村里人散了，桂英对大伟说："去看看我们家的桃园。"

桃园很大。桃花粉红一片。桃叶却很嫩，仿佛呵口气就会融化。大伟说："真美。"到了桃园深处，大伟拥住桂英。"我还是第一次见这么多桃花呢。""你们那儿不栽桃树？"大伟点点头。大伟不停吸着桃花的香味："真香。你这儿真美。不像我们那儿，到处光秃秃的，见不到绿色。哈，'嫁给你'嫁对了。""你今后别后悔就是。""哪会后悔？你现在让我去死，我都心甘情愿……"桂英忙捂住大伟的嘴："不准你说晦气话，说这话我心痛。"

两只麻雀在桃枝上欢快地蹦跳不停，粉红色的花瓣纷纷飘落。

大伟和桂英紧紧拥在一起。

后来，大伟觉得宝山对他极冷淡。大伟主动跟宝山说话，宝山也拉着一张苦瓜脸，"嗯嗯"的爱理不理。

大伟问桂英："你爹怎么讨厌我？""可我妈喜欢你呀，丈母娘看女婿，越看越喜欢；丈母爷看女婿，越看越讨厌。其实我爸最喜欢我，时间久了，就好了。"

但一晃眼半年过去了，宝山一见大伟，就阴着脸。

桂英找到宝山，说："爹，你怎么这样讨厌大伟？"宝山说："我怀疑这小子同你好，是看中了我们家这片桃园。"

桂英的头摇得如拨浪鼓："爹，不是的，真的不是，大伟是真的喜欢我，其实我的儿子，不是大伟的……""你，你说啥？"宝山还以为听错了。"我的儿子，是我同一个臭男人生的。他骗我说他要离婚，同我结婚。我生下儿子后那臭男人消失了。我抱着儿子跳进了湖，是大伟救了我，大伟说他要做孩子的爸。"

……

宝山更怀疑大伟同桂英好，是看中了他的桃园。因宝山只有桂英一个女儿，若今后他死了，果园不就成了大伟的。宝山说得有根有据："他就不是傻瓜，情愿做别人儿子的父亲，他为了啥，还不是为了桃园？""爸，不是的，真的不是，他是真心爱我。""爱？有钱就有爱，你还是让他走吧。""爸，求求你，别让他走。他走了，我就死。"

但晚上，桃园竟成一片火海。正是冬天，又刮着大北风。一个晚上，桃树烧得一棵不剩。

宝山瘫坐在地上，泪水糊了一脸。

几天后，大伟回家了。

一天天过去了，大伟仍没来。

宝山说："他不会回来的。"

"大伟一定会回来的。"

一个月后，大伟回来了。大伟对宝山说："爸，我回老家找亲朋好友借了两万块钱，我们买桃苗的钱有了。"

"好，好……"宝山的声音哽在喉下，吐不出来了。

三年后，桃树又挂果了。

桂英看着爹同自己男人有说有笑摘桃子，笑了，心里说，自己那天晚上放火烧桃园烧得对。

堂　嫂

　　第一次见堂嫂时，我正在稻田里耘禾。那时日头毒得同火球一样，田里的水都冒着热气。树上的知了不停地叫"热啊，热啊"，叫得我心里极烦躁，觉得更热。娘说："瞧你堂嫂来了。"堂哥手里挎着篮子，堂嫂跟在堂哥后面。堂嫂穿件水红色的短褂子，下身穿条牛仔裤，头上戴顶白草帽。堂哥同娘打招呼："二婶，耘禾呀？"娘说："你们讨菜呀？"堂嫂叫了一声二婶。娘笑着应了，对我说："你不叫人？"我看了堂嫂一眼，堂嫂清澈如泉水的眼正看着我，我的脸竟红了："堂嫂好。"我把头顶上的破草帽取下来，藏在身后。堂嫂调皮地笑了，堂嫂露出的牙齿白得像珍珠，晃着亮光，眼睛也更黑了。我的脸更烫了，汗水不停地从额头上沁出来。娘说："堂嫂又不是外人，藏草帽干啥？"堂嫂笑着走了。娘说："林子，你今后也娶个同你堂嫂一样好看的女人。村里人都说你堂嫂是画上的人。"

　　堂哥结婚时，竟让我抱他的被子。我说："那是小孩干的事。"堂哥说："你是大人？让我看你裆里长毛没？是你堂嫂要你抱我们的被子。"我们那儿有这种风俗，新婚那天晚上，得有一个英俊聪明的少年藏在房里，新郎新娘"睡下"后，少年抱起他们的被子就出门，门外的人便放鞭炮，新郎新娘就把糖果枣子往窗外抛。抱到被子，新娘就会生一个像抱被子的少年一样英俊聪明的儿子。"是你堂嫂喜欢你呢，你堂嫂想生一个像你一样聪明的儿子。"

原来是堂嫂要我抱她的被子，我应下来。我心里说，今后，我一定要娶一个同堂嫂一样漂亮的老婆。

堂嫂结婚半年后，堂哥就死了。堂哥在鄱阳湖里打渔，船撞到一暗礁，翻了。

堂嫂扑在堂哥身上哭得死去活来。我那时想，如我的死能换回活生生的堂哥，那我一定心甘情愿地去死。

后来我再没见到过堂嫂笑了。

我去堂嫂家去得也勤了。我想好了许多话安慰堂嫂，但一见堂嫂蒙满寒霜的脸，就一句话也说不出来。我只有埋头帮堂嫂干活，挑水，或者砍柴，或者清理猪栏。没活干，就苦着脸坐着陪着堂嫂一起伤心。

晚上，有许多不怀好意的男人在堂嫂屋前屋后转。胆子大的男人就敲堂嫂的窗子，用小刀拨堂嫂的门闩。

我带着我家的狗也在堂嫂的屋前屋后转，一见那些脏男人，我就唤狗咬他们。

敲堂嫂窗子的男人少了，但有关堂嫂的风言凉语却多了。一听见谁讲堂嫂的坏话，我就恨谁，那谁家晾晒在竹竿上的衣服就掉在地上，衣服上还沾有牛屎、鸡屎，或者谁家院子里的青菜苗被人拔了，再不就是一只鸡无故被人掐死了。

这样弄得人心惶惶的，都说谁也不能再讲堂嫂的坏话，要不会遭报应。

堂嫂说："林子，那些事都是你做的？""谁叫她们讲你的坏话呢？"堂嫂说："别再做那些事，她们爱讲就让她们讲。"我摇摇头。堂嫂抚着我的头说："林子，听堂嫂的话，别再做那些事，啊？我知道你心里喜欢堂嫂，堂嫂心里也喜欢你，堂嫂不希望你今后变成一个坏人。""嗯。"我点点头，泪水掉下来了。就在那回，我把堂嫂晒在竹竿上的一只白色的胸罩偷偷地藏进怀里。躺在被子里，我把堂嫂的胸罩放在鼻子跟前，我嗅到了一股极好闻的香味。这香味同堂嫂身上的香味一样。晚上，我做了个乱七八糟的梦，梦与堂嫂有关。梦醒后，我的裤头黏糊糊的。

但让我一万个想不到的是娘也说堂嫂的坏话啦。我极生气，同娘吵起来。娘说："是真的，她同村支书已好上了，村支书天天晚上敲她的门。"娘还不让我去堂嫂家："你别被那个狐狸精教坏了。"

以往我带着狗一般在堂嫂屋前屋后转到十二点就回家。这天，我没带狗，爬上了堂嫂门前的鸡公树。等了好久，村支书真的来了。村支书敲了三下堂嫂的门，堂嫂的门开了。

我爬下树，听见村支书哼哼呀呀的声音。

那一刻，我的心刀剜一样痛。我手里如有把刀，准会杀了堂嫂。我的泪水也一滴滴地往下掉。我好想号啕大哭。

我听见我家的狗咬声，是村支书的女人。我敲着窗子说："堂嫂，村支书的老婆来了。"我说这话的意思是让村支书快逃，别让他女人抓到了，以免伤害堂嫂。

但晚了，村支书的女人已到了门前。女人对两个弟弟说："你们去守后门。"门开了，村支书的女人同她两个弟弟对堂嫂拳打脚踢，并把堂嫂的衣服扒掉了。许多村里人看热闹来了。堂嫂躺在地上，双手护着头任村支书的女人打。我再也忍不住，扑在堂嫂身上，哭着喊："别打了，别打了，求求你们。"我身上挨了几脚。晚上，我哭着把堂嫂的胸罩扔进了粪坑。

堂嫂在村里待不下去了，堂嫂也不想待。她放出风声，想嫁到外村去。

几天后，一个长得挺清秀的男人来了，男人见了漂亮的堂嫂，心里很满意。男人出门时，村里两个女人拦住男人，说："你想娶那个骚女人做老婆？那今后你得把她系在裤带上。""她同村里一半的男人上过床。"男人脸上的笑容一点点消失了。男人低着头走，我一直跟在男人身后，出了村，我喊住男人："哎——"男人停下了，看着我。我说："我堂嫂是个正经女人，堂嫂如果有错，就是她长得太漂亮。"我心里尽管不想堂嫂改嫁，因为那样我再见不到我美丽的堂嫂，但我又希望堂嫂幸福。男人拍了一下我的肩："谢谢你。"

　　堂嫂出嫁的那天，阳光挺灿烂。我跟着迎亲的队伍，一直把堂嫂送到男人的家。男人的房是砖瓦房，家里有彩电，有皮沙发。我为堂嫂高兴。堂嫂今后可过上好日子。我同堂嫂告辞："堂嫂，我走了，你好好保重。"堂嫂搂住我，在我脸上亲了一下："林子，你为啥不早出世十年呢？"我懂堂嫂的意思，我的心扑通扑通地乱跳，我激动得说不出话，只咬着嘴唇，拼命忍着不让泪水掉下来。

　　两年后，我去了广州当兵。退伍后，我一直待在省城，已十几年没见到我漂亮的堂嫂了。堂嫂，你现在过得好吗？你还记不记得我？堂嫂，我好想你，好想见到你。

鸟　蛋

　　小胖家的院子里有棵一人多高的柏树。柏树的枝叶丛里藏着一只鸟窝。那鸟叫什么名，小胖不知道。那鸟比麻雀大一点，因羽毛是灰色的，小胖就叫它灰鸟。灰鸟刚筑窝时，小胖就发现了。

　　那时两只灰鸟不停从外面衔来树枝、羽毛，飞进飞出的，很忙碌。

　　柏树枝叶里的鸟窝一天天变大。十几天后，一只蓝边碗样大的鸟窝就筑好了。

　　小胖把这事告诉了他爸爸。

　　爸爸对小胖说："这两只鸟马上要下蛋了。然后孵蛋，孵出小鸟。"

　　每天天一亮，小胖就要爸爸看鸟窝，看小鸟下蛋没。爸爸也不烦，天天看鸟窝。自小胖的妈得肝癌去世后，爸爸就对小胖极好，不管小胖提什么要求，爸爸都会满足小胖。

　　柏树里有只鸟窝，爸爸极高兴。爸爸知道这只鸟窝能给小胖带来许多乐趣。这鸟窝能让小胖暂时忘记失去妈妈的痛苦。

　　这天天一亮，小胖又说："爸爸，你快看看鸟下蛋没有？"爸爸走到柏树跟一看，高兴地叫起来："下了，下了六个蛋。"小胖也要看，爸爸抱着小胖，举起来："看见没？"小胖高兴得手舞足蹈的，"真的有六个蛋。爸，我能摸摸吗？"爸爸说："你摸呀。"但小胖的手刚伸向鸟窝，鸟就回来了。

鸟以为小胖想拿走蛋，在小胖头顶上愤怒地叫着，并要啄小胖。爸爸忙把小胖放下来了。

小胖问："爸爸，这蛋要多久变成鸟？"

"爸也不知道。"

又是每天天一亮，小胖就要爸爸看鸟窝，看小鸟孵出来没。

爸爸就每天天一亮就看鸟窝。

这天，爸爸对小胖说："小胖，爸爸给你找个新妈妈，好吗？"

"她像妈妈一样好？像妈妈一样爱我？"

爸爸点点头。

"那我啥时能见到妈妈？"

"明天，明天我就带她来见你。"爸爸高兴得在小胖脸上亲了一下。

其实小胖的爸爸早已同雪英好了。雪英想早些同小胖的爸爸结婚。但小胖的爸爸担心雪英过不了小胖这关，就一直没往家带。没想到小胖这关这么容易过了，他自然高兴。

小胖的爸爸出了门，他急着要把这好消息告诉雪英。小胖的爸爸觉得雪英是个很善良的女人，她会爱小胖的。

第二天，雪英带着她妈来了。雪英不想妈来，可妈执意要来看看女儿将来的家是什么样子。雪英也没法。但雪英的妈一到小胖家，头晕病又患了，啥东西在眼里都成了双份，还旋转不停，而且不停地呕。这让雪英极难堪："叫你不要来，偏要来。"小胖的爸爸说："没事，我去去医院就来。"小胖说："我也去。"

路上，爸爸问小胖："雪英阿姨怎么样？"

小胖说："没妈妈好。"

"怎么没妈妈好？"

"她没亲我也没抱我。"

爸爸笑了："今后她会抱你亲你的。"

小胖和爸爸来到村里的诊所，医生正给一个人量体温。医生说："你们先回去，我马上就去。"

但小胖还没进院子，就听见灰鸟凄厉的叫声。

小胖跑进院子，两只鸟在鸟窝上面飞来飞去，呀呀地叫，叫得极其愤怒极其哀怨。爸爸也进了院子，他来到柏树下，往鸟窝一看，鸟蛋一个也没有。

他进了屋，黑着脸问雪英："你拿了鸟蛋？"

"拿了。我正在这煮呢。鸟蛋可治头晕病。"雪英见了小胖爸爸一脸愤怒，"怎么啦？"

号啕大哭的小胖把雪英往外推："你赔我的鸟蛋，赔我的鸟蛋。你走，走，你的心好坏，做了我妈妈，对我也会好坏。"

雪英看着小胖的爸爸，小胖的爸爸朝雪英挥挥手："走吧。我说过我儿子看不中的女人我也看不中。"

小胖的爸爸没再带女人回过家。

小胖念大学时，对爸爸说："爸，你还是再找一个吧。是我断送了爸爸的幸福。要不，你早同雪英阿姨结婚了。那时我小，不懂事。我不该凭她煮了鸟蛋就说她的心坏。她煮鸟蛋也是为治她母亲的头晕病，爸，真对不起。我错了。"

小胖的爸爸不出声，默默地吸他的烟。

竹　笋

松林在新婚的第六天，就到南方打工去了。松林到村口等去县城的班车时，女人一直站在松林身后。松林跺了几下冷得酸痛的脚，嘟囔道，车怎么还不来？

冷风把女人的披肩长发吹得沸沸扬扬，女人的嘴唇动了动，可想说的话又被冷风灌回肚了。

班车终于朝这儿开来，女人的心"咚"的一声往下坠了。女人开初还希望班车坏在路上，那么松林可在家多待一个晚上，该死的班车还是来了。松林却高兴地说，终于来了。松林拎起地上一只鼓囊囊的包。

女人说，松林，不能不走吗？女人的语气满是湿漉漉的哀求。

松林说，得走。

车一停，松林就跳上车。女人的眼珠一直黏在松林脸上，可松林看都不看她，女人的眼泪"哗"的一下涌出来了。女人说，松林，你就这么讨厌我？可车子开走了，女人的话，松林是听不见了。女人举起手在头顶上挥来挥去。女人追着车跑了一段路，喊，松林，你千万不可不要我……

车子开得不见影了，女人还一直站在那儿。女人不知站了多久，后来腿一软，一屁股瘫坐在地上。

女人自己也不知道是怎么回到家的。

女人不吃不喝地躺在床上三天三夜。

女人便熬日子。日子一天天在女人的盼望中过去了，但半个月了，女人还没收到松林的信。可女人想松林一定会来信的。只要邮递员的车铃一响，女人便站在门外，满怀希望地望着邮递员。但邮递员每回都朝女人抱歉地摇摇头，女人失望地低下头，泪水也溢出眼眶了。

松林的娘就对女人说，闺女，你还是回娘家住段日子吧。

女人摇摇头。女人才不愿去娘家住，嫁出去的女儿，泼出去的水。再说女人是要强的女人，她才不愿让娘家人为她担心。

一晃眼，冬天过去了，春天来了。几声轰隆隆的雷声，几场情意绵绵的春雨，满山的竹笋就破土而出了。村里许多人都上山去挖竹笋。村里人的院子里都铺满一层竹笋，村子的上空也弥漫着竹笋浓郁的香味。竹笋让女人软绵绵的身子一下又有了力气。去年的女人在娘家也在挖竹笋，女人在娘家是出了名的挖笋好手，别人挖竹笋都是挖地面上的，可女人专挖地底下的竹笋。女人只看地面的隆起程度，就知道地下的竹笋的大小。

这天一早，女人扛了把锄头，挑了一担竹箩上山挖竹笋去了。女人带了一壶水与几个馒头。

松林娘左叮嘱右叮嘱女人挖竹笋时千万可要小心竹叶上的竹叶青。竹叶青是一种剧毒的蛇，颜色同竹叶一样。当它藏匿在竹叶上时，人是极难发现的。

傍晚，女人挑了满满两竹箩的竹笋回家了。

后来女人每天都去山上挖竹笋。

几天后，院子里就铺满了厚厚一层的竹笋。

松林回家时，一进院子，见了一地又白又嫩的竹笋，眼都直了。松林在南方打工，惦记着满山的竹笋。松林每年都挖一院子的竹笋，把竹笋晒干了，再挑到城里卖，那是一笔不小的收入。娘见了松林，惊喜地说，你可回来了……

松林说，娘，这竹笋都是她挖的？

不是她挖的是谁挖的？松林的爹早就死了，娘老了，空手上山都累得上气不接下气，哪能挖竹笋？

松林说，这竹笋真嫩，晒干后准能卖个好价钱。

娘说，村里人都夸你娶了个能干的好媳妇。

松林问，她呢？

还在山上挖竹笋呢。

松林放下包就出了门。

松林见女人挑着满满一担竹笋，女人的步子轻盈而富有弹性。女人柔韧的腰肢一左一右地扭，胸前的两座山一样的乳房也上下左右地晃。松林看呆了，想不到女人竟有这么美。

松林轻轻地叫女人，哎——

女人见了松林，双腿一软，又要瘫倒。松林忙扶住女人，女人的担子也上了松林的肩。

此时的女人一句话也说不出来了，只默默地跟在松林身后。

晚上，娘听到松林房里的床咯吱咯吱响了大半宿时，笑得合不拢嘴。

第二天，松林上厕所时，从钱包里掏出一张女人的照片。松林把照片撕成指甲样碎，然后往厕所里扔了。

吃过早饭后，松林同女人一人挑一担竹箩去挖竹笋，两人在路上有说有笑的。女人咯咯的笑声感染了树丛里的小鸟，小鸟也跟着欢欢悦悦地叫起来。

想让儿子坐牢

贵宝小时候高烧，没及时治，脑子烧坏了。贵宝靠着自己的坏脑子，在村里为非作歹，什么坏事都做。今天偷东家一只鸡，明天偷西家一头猪，后天摸了一闺女的胸脯，大后天把一小孩打得头破血流。

但谁都不好同贵宝计较。谁敢骂贵宝，贵宝更对谁使坏。贵宝捡了一家鸡窝里的蛋烧着吃，那家人骂贵宝，当天深夜，屋顶被扔了两块砖头，破了两个碗样大的洞。抓不到人，再说抓到了人，又能怎么样？惹不起躲得起？因而村里人见了贵宝，只有躲得远远的。

贵宝更嚣张了，坏事也做得更勤了。

贵宝的父母也拿贵宝没办法。开初贵宝做坏事时，父亲木根就把贵宝往死里打，但贵宝不怕打。后来贵宝敢同木根对打，还拿了菜刀砍木根。那回如不是母亲杏花死死抱住贵宝，木根准被贵宝砍死了。木根也趁贵宝睡熟时，拿绳绑了贵宝的双手，但贵宝要吃饭，要上茅厕，绑也不是长久的办法。

木根想让乡政府管这事，乡政府也管不了。木根又求乡派出所，木根想让派出所把贵宝关起来。派出所的人却说不够关的条件。木根问："怎样才够？"派出所的人说："譬如杀人放火。"木根说："我儿子昨天就烧了人家的一个茅草垛。""那还不够关。要烧了人家的房子才可以关。"木根就出了派出所的门。

　　木根不想让贵宝杀人，杀死人要偿命，木根不忍心看着贵宝死。那就让贵宝放火烧人家的房子，可怎样让贵宝烧人家的房子呢？烧谁家的呢？烧金生家的房？不行，金生家那么穷，烧了房没钱做房，到时住哪？烧正泉的房？也不行，正泉有个两岁的小孩，小孩万一没跑出来，烧死在房子里，那自己不内疚一辈子。对，就烧贵生的房。贵生是个五保户，住的房子简陋，又只一间房。再说贵生住的土砖房已裂开了几道缝，随时都有可能倒塌。烧贵生的房，能换来贵宝几年班房，村里太平几年，值。但怎样让贵宝烧贵生的房呢？

　　木根对贵宝说："贵宝，贵生好不好？"贵宝点点头："好。"木根说："好个屁。他在背后总说你的坏话。而且还说我，说我不管你。"贵宝很生气，站起来就出门："我去揍他一顿。"木根拉住了贵宝："他一个七十岁的人揍不得。万一揍死了，那你也要死。"贵宝不想死，坐下了："爹说咋办？"木根说："你不是总喜欢烧人家的稻草垛吗？这回你可烧房，房子烧起来比稻草垛烧起来火更大，更好玩。""房子很难烧着，得用汽油，我没汽油。""有摩托车的人就有汽油，你找人家要一点不就行了。我这儿有个矿泉水瓶，你可拿去装汽油。"

　　贵宝拿了矿泉水瓶出了门。片刻就拎着装满汽油的矿泉水瓶回来了。贵宝说："晚上就烧贵生的房。"

　　晚上，贵宝出了门。木根也出了门。木根把贵生叫出了门。

　　片刻，贵生的屋就起了火。

　　村里人都来救火了。火很快被村里人扑灭了。

　　派出所的人当即把贵宝抓走了。

　　但让木根没想到的是，几天后，贵宝被放了。更让木根没想到的是，警察给他戴上了手铐。木根说："你为啥放我儿子？为啥抓我？"

　　警察说："经鉴定，你儿子有精神病，不负法律责任。而你因教唆儿子去烧人家的房子，有罪。"

　　木根被押上警车时还求警察："我儿子有罪，他做了许多坏事。你们放了他，他又可做坏事。他已知道烧人家的房子没罪，他准还会去烧人家的房子。难道你们警察都拿他没办法？求求你们，让我儿子坐牢吧。"

"你应该早些送你儿子去精神病院看病。"警察说，"你儿子的病不重，医生说可治好。"

"那要很多钱，我哪有那么多钱？"

第二天晚上，贵宝把金生的房子烧了，贵宝见了冲天的熊熊大火，拍着巴掌笑："真好玩，真好玩。"

金生的女人见了变为灰烬的房屋，跪在地上哭，哭得晕过去了。

一村里人说："打死这个疯子。"许多人附和："对，打死他，打死这个疯子。"贵宝见一村里人抢着扁担向他走来，忙撒腿跑，一群拿着扁担的村里人在后面追。村里人手里的扁担都是开始用来挑水扑火的，现在顺手抓在手上了。

贵宝亡命地跑，村里人没命地追。

想自杀的李大民

这些天，李大民过得极不顺。

先是同他好了三年的女朋友同他分手了。分手的理由很简单，他同女朋友黄昏时在公园里散步，持刀的"歹徒"抢女朋友的铂金项链，胆小怕事的李大民没上前同歹徒搏斗，而是任"歹徒"抢。原来是虚惊一场，是省电视台新策划的一个节目，目的是看社会上有正义感的人还有多少。其实"歹徒"抢劫时，公园里有许多人，但没一个人上前。第二天晚上，电视台就播放了。女朋友见到李大民害怕得发抖的样子，心里极失望。女朋友说，如若遇上真的歹徒，他们想强奸我，你也不会上前救我，原来你根本不爱我，我们分手吧。任凭李大民怎么解释，女朋友就是不听。然后是他刚装潢好的房子着了火，房子里所有的东西化为灰烬，包括他的专业书籍、各种证件、存在电脑里的设计动画片的方案等。而且火往上蹿，把楼上一家也烧了。楼上一家要他赔偿十万。李大民买房的钱都是按揭的，他自然拿不出十万块钱。再是李大民被老板炒了鱿鱼。李大民在公司是创作动画片脚本的。但李大民在公司几年，创作的几部动画片，都没让老板满意，老板不想养一个闲人。

李大民大病了一场。

没有人来探望照顾李大民。李大民昏睡在客厅的地上，床被烧后他没钱买。李大民想喝水，想烧水，水龙头里却流不出一滴水。即便流水了，煤气灶烧得也不能用了，家里也没电，插座电线全烧了。躺在黑暗中的李大民的心凄凉到了极点，泪水也涌了出来。

活着真没意思。

李大民想到了死。

李大民开初想到公园里去，天黑后他眼一闭，往湖里一跳，啥痛苦都没了。但李大民想到湖畔上那么多人，万一有人救他呢？李大民又想到让车撞死，又一想，万一车没撞死呢？再说他不想讹诈无辜的司机。李大民最后想到去郊区的山上跳崖，即使摔不死也得饿死。李大民的烧退后，出了门。李大民的口袋里还有两百多块钱，他去了一家酒店，点了两百块钱的菜。吃饱喝足后，出了酒店。酒店门口有个要饭的老人，他把口袋里剩的几十块钱全放在老人的碗里。李大民骑上摩托车，一踩油门，摩托车便飞了起来。

前面的红灯亮了。李大民不想被车撞死，便停了下来。李大民旁边停了一辆奔驰，开车的是个年轻貌美的女人。这时又飞来一辆摩托车，在奔驰的左边停下了，摩托车上坐着两个人。坐在后面的一个人下了摩托车，打开"奔驰"的门，拿了放在副驾驶位的包，跳上摩托车，摩托车"呜"的一声跑了。李大民一踩油门，追赶那辆摩托车。

"奔驰"也闯了红灯，紧追过来。

李大民把油门加到底，挡位又加到最快挡。李大民离前面的摩托车越来越近，近到四五米时，李大民的眼一闭，朝摩托车撞过去了。

后来的事李大民也不知道了。

李大民醒来后，已躺在医院里，左手左脚都打了石膏。"谢天谢地，你终于醒了，你已昏睡了三天三夜。"一个漂亮女人的眼里汪着两滴亮晶晶的泪。是谁？李大民觉得有点面熟，却想不出在哪见过。"真谢谢你帮我夺回了包。你不知道这包对我来说有多重要，包里的十万块现金是小事，还有几份极其重要的合同，还有几份动画片的脚本……"

"什么？动画片的脚本？你是……"

"我是西游记动画片制作公司的。齐婉燕，你呢？也做动画片？"

西游记动画片制作公司在全国都极有影响，制作的动画片极受小朋友喜爱。齐婉燕是这公司的老总。

"我原来在绿月亮动画片搞创作，现在失业了。"

"你伤好后进我公司好了。对了，你真勇敢，我喜欢勇敢的男人。"齐婉燕讲这话时，脸红了。但看李大民的眼里汪着水样的柔情。

第二天，省电视台的人来采访李大民了。竟然是策划抢劫李大民原来女朋友的记者，记者认出了李大民："你原来胆子那样胆小，怎么一下变得这么勇敢？"

"因为你那节目一播，女朋友不要我了。我想去跳崖，一个想死的人什么也不怕的。"

电视台的记者走后，齐婉燕问："你为什么想跳崖？就因你女朋友离开你？"

"这不是唯一的原因。女朋友走后，房子接着烧了……"

齐婉燕的眼里又有了泪："唉，要是我早些认识你多好，那你病时，我可好好照顾你……"

李大民住院的两个月内，齐婉燕天天来陪李大民。李大民说："你那么忙，怎么天天来？"

"人家想见你，想同你在一起呗。"齐婉燕的脸上桃花样灿烂。

"我也想每时每刻同你待在一起……对了，这些天，我构思了一个动画片：一只可爱的松鼠被一条狗咬断了尾巴，女朋友嫌他丑，离开了他。朋友也嫌同他在一起丢脸，也离开了他。松鼠因没尾巴，爬树远没以前灵活，捕猎物极难，总挨饿。而且他的房子也被烧了。松鼠生病了，也没人照顾他，松鼠觉得活着没意思，便想自杀。他找了几个有毒的野果子吃，不想不但没吃死，病却治好了。他想去另一片树林里自杀，一天晚上他上路了。路上遇到很多有趣的事。他到了那片树林，食物极其丰富，多得他吃不完。他回去把这消息告诉了其他松鼠，其他松鼠都很感谢他，都称他是英雄。他还帮许多松鼠治好了病。一只年轻美貌的松鼠爱上了他。他就过上了幸福生活。"

"好，好，这构思太巧了。这动画片就叫《想自杀的松鼠》，不行，得给松鼠取个好听的名字，要不就叫聪聪。"

《想自杀的聪聪》播出后，风靡全国，收视率在全国当年的动画片中位居第一。李大民又写出了《想当英雄的聪聪》《想当国王的聪聪》一部比一部精彩。

李大民和齐婉燕结婚了。李大民深情地对齐婉燕说："感谢你救了我。"齐婉燕说："明明是你救了我呀。"

此后，李大民同《想自杀的聪聪》中的聪聪那样过着幸福的生活。

传　说

　　美丽的鸳鸯岛由男人岛和女人岛组成。远看，男人岛和女人岛犹如一对紧紧相拥在一起的情侣。

　　相传，男人岛是一名叫石头的男人变成的，女人岛是一名叫莲花的女人变的。石头是莲花家的长工，两人相爱后私订终身，莲花的父母极力反对，并把莲花许配给一名秀才。秀才知书达理，心地善良。石头认为莲花如果嫁给了秀才，今后会过上幸福的日子，便坐船走了。莲花却在出嫁的那天投进鄱阳湖。石头得知后，也投了湖。两人就化作两座岛。因而男人岛又叫石头岛，女人岛又叫莲花岛。

　　王灿就住在鸳鸯岛上。

　　鸳鸯岛开初很荒凉，渺无人烟。那时的王灿是岛上的唯一居民。王灿过着"采菊东篱下，悠然见南山"的日子。

　　后来，鸳鸯岛渐渐为外人所知，岛上遮天蔽地的古树、各种珍禽鸟兽及美丽的湖光山色吸引了众多游客，来鸳鸯岛旅游的人络绎不绝。

　　这天中午，王灿提着一桶水，一跛一跛地上岛。忽儿听到有人叫："王灿，王灿——"王灿想，谁叫我？没听错吧？已十几年没有人叫过他的名字了。王灿一回头，船上的一个女人朝他挥着手。

　　"王灿，我是丹惠呀。"

啊，是丹惠！是自己日思夜想的丹惠。"砰"的一声，王灿手里的水桶掉在地上了，水泼了一地。王灿觉得双腿软绵绵的无力，整个身子似要瘫倒在地上，鼻子也似塞住了，喘气都喘不过来。王灿似有许多话向丹惠说，千言万语一下堵在喉咙口。他张了张嘴，一个字也吐不出来。

"这十几年，我一直找你，想不到你竟躲在这里。王灿，是你害了我呀，你害了我呀！你干吗要躲我呀？……"丹惠的声音一颤一抖的，抑制不住激动。

"我不想拖累你，我遇了车祸，腿瘸了……我希望你幸福呀。快，你快叫停船呀，停船呀……"

丹惠也大喊："停船，停船。我要上岛。"

但船离鸳鸯岛越来越远。

"丹惠，我爱你，我一直爱你！"泪水淌了王灿一脸。

船在王灿的眼里渐渐模糊成一个小黑点，最终在王灿的眼里消失了，但王灿还站在那，久久地望着漫无边际的湖面。

头顶上，布谷鸟不停凄哀地唤"割麦栽禾，割麦栽禾"。相传，布谷鸟是一名叫布谷的男人变的。布谷的第一个老婆生第一个儿子割麦时死了，几年后的布谷又娶了第二个老婆，又生了个儿子叫栽禾。后娘不是打割麦，就是骂割麦，还不让割麦吃饱。一回，布谷去外地谋生，后娘想毒死割麦。后娘就给割麦煮了碗放了毒药的面条，割麦见栽禾吃粥，就把自己的面条让给栽禾吃，自己喝栽禾的粥，结果栽禾被毒死了。伤心欲绝的割麦把栽禾剩下的面条也吃了。布谷回来了，见两个儿子都死了，也寻死了。死了的布谷化成一只鸟，整天寻他的两个儿子："割麦栽禾，割麦栽禾"。

黄灿灿的日头在布谷鸟啼血的凄叫声中坠进鄱阳湖。暮霭从湖里漫上来了，王灿才收回酸涩的眼，一跛一跛地走了。

第二天，天还没亮，王灿就来到码头上，痴痴地望着湖面。一天又一天，一月又一月，无论刮风还是下雨，或是下雪，王灿每天天还没亮透，就来到码头上守候。一天下大雪，王灿高烧了一个晚上，却仍来到码头上。有人劝："下这么大的雪，别等了。"王灿说："得等，万一她今天来了呢。"站了一上午，王灿昏倒在雪地上了，醒来后，又站在雪地上，王灿成了个雪人。

许多人知道王灿是无望的守候，丹惠在听到王灿那句"我爱你，我一直爱你"这句话时，因过度兴奋激动，导致心脏病发作，猝然去世，王灿却不知道。如若王灿知道，他会承受不住这噩耗的。

终于在一天黄昏，王灿倒下了，再没爬起来。

鸳鸯岛上又有了一个凄美的传说。码头上竖起一块石头，叫望妻石。来鸳鸯岛上旅游的人一下船，就会在望妻石前驻足，导游就会讲这个故事……

朋友，你若想见这块望妻石，可来鸳鸯岛。

三个女人

一

传说之一：小女孩的一条腿被狼咬断了。母亲不想被女儿拖累一辈子，想把女儿丢在山里。母亲背着女儿进了山，走一段路，女儿就扔下一把石灰。女儿背上的包里有一包的石灰。母亲问女儿丢石灰干吗，女儿说："妈，我怕你迷路。迷了路回不了家，那就会被狼吃掉。"母亲掉泪了。片刻母亲擦去脸上的泪，又往前走。

秀的男人和别的女人跑了。

秀的日子一下变得艰难了。家里有个八十岁的老母亲，还有一个十岁的女儿。

秀觉得她的双肩支撑不了这个家。

就在秀绝望时，一个男人找到秀。男人自称是县保险公司的，男人让秀给女儿保人身险，说秀的女儿如断了一只脚，保险公司可赔五万。五万在秀的眼里是个天文数字。秀不相信："真能赔这么多？"男人点点头："还骗你不成？"秀左挪右借终于凑够了一千元保险费。

秀带着女儿上山割柴。

女儿正割柴时，秀的脚下一滑，朝女儿撞去。女儿没防备，"啊"的一声惊叫，滚下了山崖。秀跑下山崖，女儿昏迷了。秀抓起一块大石头，朝女儿的脚砸去。

秀背着女儿回了家。

保险公司来了人，秀的女儿也被保险公司送进了医院。医生诊断的结果出来了，秀女儿的脚是有人拿石头砸断的。一辆呜呜呜叫的警车进了村。秀被戴上手铐。女儿哭着说："警察叔叔，别带走我娘，我们家不能没有娘……"但秀还是被押上了警车。

二

传说之二：一对母女在沙漠里迷了路。已三天了，她们没吃一点东西。女儿饿得晕过去了。母亲解开衣服，把奶头塞进女儿的嘴里，女儿起劲吸起来。四天后，人们找到这对母女时，惊呆了。母亲的眼早已合上了，但血仍汩汩地从乳头里流出来，流进女儿的嘴里。女儿得救了。

棉对孙女说："没想到你娘的心这么恶，竟狠心拿石头砸断你的腿。想不到我们两人的腿都断了。我断腿是为了养活你娘……"

棉依然记得她一天清早捡破烂时，竟在垃圾堆上发现了一个女婴。棉啥也没想，收养了女婴。

但是棉靠捡破烂养活不了女婴。

棉带着女婴乞讨。

那是战乱时期，粮食匮乏，乞讨的人又多。棉靠乞讨只能饱一餐饿一餐。一回，棉见一个断了腿的女人趴在地上乞讨，行人都给钱。

棉的心动了。

棉拿石头把自己的双腿砸断了。棉把女婴背在背上，在地上爬。行人纷纷给棉钱。

三

传说之三：杜鹃爱把蛋下在山雀窝里。山雀尽管认出是杜鹃的蛋，但不忍心把杜鹃蛋推出鸟窝，而是连同自己的蛋一起孵。小杜鹃孵出来后，身体越长越大。鸟窝本来就小，小杜鹃把其他的小山雀全挤出鸟窝，小山雀全摔死了。山雀仍尽心哺育小杜鹃，不停地捕食给小杜鹃吃。直到小杜鹃长大后，飞出鸟窝。

一些天后，秀放回了家。法院考虑到秀家的实际情况，给秀办了假释。

秀不想干田地活。秀觉得这苦日子没有尽头。

秀跑了。谁也不知道秀去了哪儿。

棉带着孙女去城里乞讨。棉和孙女都不能走路，靠双手和屁股一步步往前挪。

棉问孙女："你恨你娘吗？"

孙女先是点点头，然后又摇摇头，两行泪水却是扑刷刷地往下掉了。

棉说："是啊，她毕竟是你娘，毕竟生了你，没有她也就没有你。唉，秀也毕竟是我女儿，尽管不是我亲生的，但是我一把屎一把尿喂大的。我心里想恨她，却恨不起来。"泪水爬满了棉坑坑洼洼的脸。

阿杏的桃园

　　男人闯进阿杏的桃园时，树枝上的桃花开得如火如荼。桃花在嫩绿的叶片映衬下，显得更红了，是火一样的那种热情奔放的红。红花同样让叶显得更嫩更绿，嫩是那种娇嫩，绿是那种弱不禁风、那种呵口气便会融化的绿。

　　桃枝上还有成群的麻雀，唧唧喳喳的麻雀从这枝蹦到那枝，花瓣跟着一片片飘落。花瓣脱落枝头时，在空中作无望的挣扎，极不情愿落在地上。若有风吹来，花瓣飞舞得更高，时间也更久，但最终还是悄无声息落在泥地上。

　　桃园里有一群嘤嘤嗡嗡的蜜蜂，还有翩翩起舞的蝴蝶。

　　"太美了。"男人由衷地赞叹，一直冰着的脸上有了暖意。

　　茅屋里蹿出一只黑狗，黑狗朝男人凶叫。汪，汪。声音短促有力，满是威胁。"阿黑，阿黑。"一女人从茅屋里走出来，朝狗喊两声，阿黑不叫了。女人很漂亮，柳眉杏眼。女人小巧的嘴唇很红润。脸上还有两个酒窝。男人还闻到女人身上散发一股桃花样浓郁的香味，男人不停地吸着这香味。

　　许久，男人问："你是谁？"

　　"我是谁？"女人笑了，"该我问你是谁。"但女人还是说，"我是阿杏。"女人一笑更好看了，脸上泛起两团桃花样的红晕，酒窝里盛满羞涩。

"这桃园是你的？我很喜欢这桃园，我，我想在这桃园里住下来。"男人生怕阿杏拒绝他，说话很急，"我会做很多活，会给桃树剪树枝、打农药，还会摘桃子……"

阿杏笑了："谁不会摘桃子？"

男人也笑了，男人知道阿杏答应他了。

"为啥想在我桃园里住下来？"

"因为，因为你这桃园太美了。"

阿杏摇摇头，笑笑。

后来男人同阿杏结了婚。

婚后的男人更勤快了，桃园里的啥活都包下来了，不要阿杏沾手。男人不抽烟，不喝酒，也不吃零食。男人一年到头不要用一分钱。阿杏却看不上男人，嫌男人太窝囊，挣不到钱。村里许多人盖两层或者三层的楼房，可阿杏还住泥坯屋。

阿杏也抱怨过。

男人却说："没钱好，钱多了不好。"

"你就没过过有钱人的日子，咋知道钱多了不好？"

男人再不出声了。其实男人是个千万富翁。男人开初过着幸福的日子，后来经不住一个年轻美貌的女人的诱惑，便同妻子闹离婚。不同意离婚的妻子莫名其妙遇车祸死了，男人同那女人结了婚。让男人没想到的是女人居然同他的副总、也就是他最好的朋友好上了。副总另起炉灶，自己开了一家公司，把公司的客户全拉走了。公司的现金也被女人挥霍完了，其实全进了女人的腰包。他的公司很快倒闭了。女人同他离婚的第五天便嫁给了他朋友。而且女人说他儿子不是他生的，是他朋友的。

后来男人见到了阿杏的桃园，一下子喜欢上了。男人想在桃园里默默地度过下半辈子。

每一年桃花开得最灿烂时，便有许多城里人来看桃花。

他们在桃园里乱丢果皮、瓜子壳、矿泉水瓶，他们把桃园弄得很脏。

男人讨厌这些城里人。男人不想这些人进桃园。女人不同意："进一次桃园五块钱，多划得来。再过两年，我们也可盖一幢三层的楼房。"

男人注意到一个留着平头的男人三天两头来看桃花。留平头的男人总围着阿杏转。那男人同阿杏有说不完的话，两人不时发出愉悦的笑声。

这天晚上，男人的鼻子在阿杏身上嗅来嗅去，男人烦躁不安："你身上怎么没有桃花的香味？你准同别的男人睡过。"

阿杏不出声。

第二天，阿杏失踪了。

男人想，阿杏过不惯这清苦日子，准投奔那平头男人去了。到时阿杏在城里栽了跟头，准会回来的。

男人侍弄桃园更精心了。

但男人不让游人再进桃园了，有个人出一百块钱想进桃园，男人毫不犹豫拒绝了："别弄脏了我的桃园。"

去南方的路上

高中毕业那年我二十岁。

二十岁的我不听父母要我复读一年的劝告，执意要去南方打工。那时我已厌倦了学校那种单调乏味的日子，我抗拒不了外面精彩世界的诱惑。

在 1990 年阴历的 10 月 6 日，我上了去县城的班车。

父母还在唠叨个没完，说那些已说过几十遍的话，路上注意安全，学会照顾自己，找不到事早些回家等。那时我极希望车子早些开，可车子就是磨磨蹭蹭的不开，以致我耳朵上的趼又厚了一毫米。我想离开家，与不想听父母的唠叨也有极大的关系。

车子终于开了，母亲的脸上竟有两行泪水。

看着愈来愈模糊的村庄，愈来愈模糊的母亲，我的眼里竟涩涩地发酸。

在去南方的路上，我搭上了一辆货车。货车装了半车南丰橘子。司机对我很热情，一个劲让我吃橘子。我吃两个便不好意思再吃。司机说，别客气，你尽管吃，能吃多少就吃多少。我上车时递给司机的一支烟，他吸完了。我又递上一支，并替他点上火。两包"红塔山"是父亲让我带上的，父亲说有了烟办啥事都方便许多。

司机问我："你去哪?"我说："南方。"司机就笑："南方很大，你到底想去哪个城市?"

我摇摇头:"不知道,哪儿有活干,我就去哪儿。"司机说:"那你跟着我好了,我保证给你介绍个既轻松又挣钱的工作。"听了司机这话,我心里极高兴,心里也踏实多了,我说:"你真是个大好人。"

进入莲花县时,司机说:"这地方很乱,总有农民拦车抢东西。"我说:"你买这么多橘子干吗?"

"当福利发给单位职工。"

此时,有两个男人站在路中间。司机说:"不好,要出事了。"

我说:"加油冲过去,他们一定会让路的。"

"轧死了人,麻烦更大。"司机说着,踩了刹车。车子一停,从路旁的树林里冲出二十几个挑着谷箩的男女。这些人好像知道车上装的是橘子,要不他们咋都带着谷箩?

那些人爬进了车厢。我大声喊:"你们不能抢橘子,你们拦路抢劫要坐牢的。"那些人不听,一个劲装橘子,装满了谷箩就挑走。

一个满脸胡子的男人在指挥:"快点,哎,木根,你挑橘子。水水,你装橘子。"我想下去阻止他们,司机拉住我:"你不想活了?"

我大声吼道:"这一车橘子就白白送给他们?"

司机说:"那你说有什么办法?下去阻止,让他们打个半死?"司机深深叹口气,"遇到这事,我们一点办法也没有。"

司机从口袋里掏出一包"芙蓉王"烟,抽出一支,叼在嘴上,吸了:"你也来一支吧。"

我摇摇头:"不会吸。"

司机的一支烟吸完了,车上的橘子也抢完了。

那个为首的络腮胡把司机叫下车,我要跟着下车,司机说:"你待在车上。"司机的口气是不可抗拒、命令式的,我只有待在车上。但我的目光紧紧追随着司机,我担心好心的司机挨揍。

但我的担心是多余的,我看见那个络腮胡从一提包里掏出什么东西给了司机,司机把那东西放进他的小包里。司机下去为什么带着包呢?好像他知道络腮胡要给他什么东西。由于离得远，我没看清络腮胡给了司机什么东西。

司机上车后，对我说："幸好我搭上了你，要不我说橘子被人抢了，单位上的人还不信呢。妈的，满满一车橘子，一万多斤，说没就没了。"

我说："你这半车橘子有一万多斤？绝对没有。装满满的一车才一万斤。"我姐夫是批发橘子的，我寒假跟我姐夫拉过许多次橘子。

司机说："我说有一万多斤就有一万多斤，到时你只要向我领导说满满一车橘子被人抢了就行。"司机说着从口袋里拿出二百元给我："我不会亏待你的。"

途中司机小便时，我拉开了司机的那小提包，包里放着一扎钱，钱都是一百元钱的一张的，至少有一百张。这时，我明白了，原来一切都是司机设计好的。难怪他热情地要我搭他的便车，目的是为他作证。

后来到了他单位上，我对司机的领导实话实说："他把橘子卖了……"那司机气得狠狠踢了我一脚："你这狗杂种。"

我捂着肚子走出门。

司机跟上来说："你真是个大傻瓜，其实我卖橘子的事，领导早已知道。让你作证，只是为瞒领导的领导。现在我只有另外去找个证人。"

后来，当我找工作碰壁时，当我身边的钱用完了忍饥挨饿躺在立交桥下的水泥地上时，我有点后悔当初对司机的领导说了实话。或许我真是个大傻瓜。

情窦初开

学校旁边有家发廊。发廊上午一直关着门，下午才开门。那些浓妆艳抹、袒胸露乳的女人都坐在门口。有男人经过，她们都叫："帅哥，来按个摩，包按得你舒服。"

念初三的林小君真的以为她们是按摩的。

同学们都笑林小君傻。林小君这才知道她们都是做那种事的。林小君更瞧不起她们，他从发廊门口经过时，目不斜视。

只是这天下午上学时，一只很小的猫一直跟在林小君身后。猫全身的毛白得发亮，没根杂毛。猫"喵——喵——"地叫着，叫得极其凄惨。林小君想，这准是一只被遗失的猫。林小君不忍心听小猫凄惨的叫声，便蹲下来抱起小猫，小猫不再叫了。

林小君知道他不能养这只可爱的小猫，林小君的父母极讨厌小猫小狗的。林小君很想有个同学能收养这只小猫。林小君问了班里每个同学，但没一个同学愿意收养。林小君忽儿想到发廊里的小姐，她们都很寂寞无聊，除了按摩，没别的事做。她们中准有人喜欢这只猫。林小君抱着猫去了发廊。林小君问："你们喜欢这只猫吗？"

有个头发染成红色的女人笑着说："我们不喜欢小猫，我们喜欢你。"这话让林小君的脸火烤样发烧。几个小姐都放肆地咯咯笑。一个戴眼镜的小姐说："我来养吧。这只猫从哪里来的？"林小君说："被人遗弃的。"林小君看见这个戴眼镜的小姐极好看，瓜子脸，眼睛很亮，睫毛也长，皮肤很白。根本不像个小姐，像个大学生。"你这么看我干吗？"她这样问。林小君的耳根都红了，慌低下头。那个红头发的女人说："小琼，他喜欢上你啦。谁叫你长得这么漂亮呢？"林小君这才知道这女人叫小琼。小琼从林小君怀里抱过猫时，林小君闻到了一股很好闻的香味，这样的香味，林小君从没闻过。这香味让林小君的心扑通扑通乱跳，呼吸变得困难了。小琼偷偷地笑了，她抚了一下林小君的头："你真可爱。"

晚上，林小君做梦了，竟然梦见了小琼。梦里，林小君竟然没穿衣服，小琼也没穿衣服，两人紧紧抱在一起。林小君忽然感到下腹胀得难受，忙上厕所，林小君小便时感觉到从未有过的舒服。只是梦醒了，林小君感觉下面湿漉漉、黏糊糊的。

林小君再经过发廊时，总低着头，却用余光朝发廊里看，看小琼在不在。一回，林小君正用余光看发廊时，红头发女人对林小君说："你看我们咋跟做贼似的？想看又不敢看。你长大了，准不是个心胸坦荡的正人君子。"林小君被激得抬起头，狠狠地盯着红头发女人看，"谁说我不敢看你。"但林小君一看见红头发女人露在外面大半个白皙的乳房，忙收回视线。"瞧瞧，不敢看吧。"红头发女人的胸挺得更高了。小琼说："你别拿他开心，他还是个小孩。""他早已是个男人啦，瞧他的胡须那么长。"小琼忙朝林小君使个眼色，让他走。林小君很感动，小琼总护着他的。

上课时，林小君的脑子里也满是小琼，眼前是小琼桃花样灿烂的脸，耳畔满是小琼的声音。林小君偷偷笑了，可林小君忽然发现许多同学都盯着他看，又听见老师点他的名："林小君，林小君。"林小君慌站起来了，老师很愤怒，"你做啥白日梦？我已叫了你八遍。"老师提的问题，林小君自然是回答不上来。

林小君晚上还时时做同小琼一起亲昵的梦。

期中考试时，原本总在前五位的林小君一下跌到三十位。父母极其失望，一见林小君，脸就黑下来了。林小君也希望不再想小琼，可怎么也控制不住，仍想得那么苦。

"五一"放假时，林小君有三天没见到小琼，疯了样地想见小琼。饭吃不下，觉睡不好。五月四号，林小君还是来到了发廊。红头发女人说："想我的小琼妹吧。"小琼说："别总拿他取乐，他准是想看看小雪。"小雪是小琼给小猫取的名字。小琼为林小君解了围，林小君忙抱起猫说："这猫越来越可爱啦。"里面有人喊红头发女人，红头发女人进里间去了。外间只剩林小君和小琼两个人。林小君忽然抓住小琼的手："琼姐，我，我，我想天天看见你，想天天跟你在一起。别在这待，我们去南方打工，我能养活你。"林小君的泪水流了一脸。小琼的眼泪也溢出眼眶，小琼说："好，你好好念书，考上了大学，我就天天跟你在一起。可是现在我得挣钱治我爹的病，得给我弟弟挣学费。"小琼轻轻抽回手，给林小君擦泪，但林小君的泪流得更凶。小琼笑了："也不害臊，男子汉还哭鼻子。"林小君说："好，我听你的。"林小君也破涕为笑。

红头发女人说："五月八号是小琼的生日……"小琼忙朝红头发女人使眼色，让她别说，可她不理会，"晚上我们准备给她过生日，你能来吗？"林小君忙点头："能，能。"红头发女人说："晚上八点在鄱阳湖酒店见。"

只是五月八号这天中午，林小君吃过饭后上学，他见学校门口围了一圈人，他突然有种可怕的预感，难道小琼……林小君不敢想，拨开人群，傻了，抱着猫的小琼倒在血泊中。红头发女人哭得昏天黑地。林小君的脚软了，"扑通"一声跪在地上了。

原来小琼是救猫死的，猫跑到路中间去了，小琼忙去抱猫，刚抱起猫，一辆小车飞驰而来。红头发女人又哭着说："小琼是好人，人漂亮，心又善良。而且她准备明天就走，就去广州打工。她说她不想害你，她还给你写了封信。"

林小君拆开信，"小君，永别了！可能一辈子再也见不到你了……我不想让你陷得太深，忘了我！……答应我，你要好好念书……谢谢你喜欢我，是你的喜欢，是你的纯洁，唤醒了我的羞耻……我一辈子会记得你，永远为你祝福……"林小君再看不清纸上的字，泪水淌个不停。

　　林小君带着那只猫去了郊外的树林。林小君挖了个坑把猫放了进去，然后把他给小琼买的音乐盒也放了进去。这音乐盒是林小君送给小琼的生日礼物。林小君把音乐盒打开了，传出欢快的"生日快乐"的旋律。林小君最后把小琼写给他的信从口袋里掏出来，吻了一下，也放进坑里，然后把一株柏树苗放进坑里，慢慢添上土。林小君走时说："我会时时来看你。"

笛　殇

　　村后的树林里有幢茅草屋。茅草屋里住着兄弟俩，哥哥叫林林，弟弟叫聪聪，他们都爱在树林里吹笛。天还没亮透，他们就被清脆的鸟叫声唤醒了。他们起了床，带着笛子循着鸟声走去。鸟见了他们，不但不躲，反而越发叫得欢，"喊喊——""喽喽——""咕留留——"兄弟俩拿了笛子，放在嘴边，学着鸟叫声吹起来，"喊喊——""喽喽——"……

　　兄弟俩练了十年，笛子就吹得出神入化了。兄弟俩有一手绝活，就是学吹鸟叫，画眉、百灵、喜鹊、麻雀的叫声，他们都学得来。一吹笛，村里人就像听见这些鸟在叫。鸟也飞来，在他们头顶上飞来飞去的，也跟着叫起来。更绝的是兄弟吹笛不但能吹出歌的调，还能吹出歌的词，就像人唱歌一样。

　　村里顶水灵的女孩花花被兄弟俩的笛声迷住了。花花就拿他们笛子看，可笛子并不特别，跟普通竹笛没啥两样。

　　花花也想学吹笛，兄弟俩争着教。可凭兄弟俩怎么教，花花就是吹不成调，花花失望地说："我太笨了。"林林说："你哪笨？只是你的心思没全用在吹笛子上。"花花说："如果我也双目失明，可能会吹好笛子。"花花说完这话，见兄弟俩的脸都痛苦地痉挛着，忙赔不是："我不是故意的，真的，请你们别生气。"兄弟俩沉着脸再不说一句话了。花花摇着林林的手说："原谅我，我真的是无意的……"林林说："不会的，我哪生气呢。"林林还朝花花咧嘴笑了一下，可那笑容像刀刻在脸上样没点生气。花花又去求聪聪，聪聪甩脱花花的手，进了屋，砰的一声关上门。

聪聪为花花那句话，一连半个月没同花花说一句话。花花来了，就同林林说话，听林林吹笛。

方圆几十里的地方如有男娶女嫁、娃崽满月、新屋上梁等喜事，或上了年龄的老人去世，都请林林和聪聪吹笛。

一回，邻村有一男人结婚，请了林林和聪聪吹笛子，林林和聪聪起劲地吹着：

> 手执明灯进洞房，好哇！
> 照见新娘好漂亮，好哇！
> 眼似秋水樱桃嘴，好哇！……

碰巧省电视台的人来采风，听了兄弟俩的笛声，呆了，笛子只能吹调，可兄弟俩的笛子竟把歌词都吹出来了。电视台的人肩上的录像机就对着兄弟俩，按了录音键：

> 孝顺公婆敬丈夫，好哇！
> 生个儿子状元郎，好哇！
> 夫妻恩爱共白头，好哇！……

省电视台把兄弟俩的笛声播出后，观众都轰动了。电视台的电话也响个不停，观众一致要求再听到兄弟俩的笛声。电视台的人就来邀兄弟俩去省城吹笛。聪聪答应了，林林却拒绝了，林林说："我们的笛声只在家乡吹才能吹到好。"后来，村里又来了几伙人，竟都有从北京来的，他们想请兄弟俩去吹笛子。他们许诺给一万块钱的出场费，来去路费吃住等一切费用都由他们负担。可林林就不动心。

花花对林林说："你如去演出，既有名又有利。""如为名利吹笛，就会得罪笛神，笛子就吹不好。再说名利只是过眼烟云的东西。"花花看林林的眼里晃着亮闪闪的光，花花汗津津的手抓住林林的手，说："你真了不起。"

这天，聪聪听到树林里传来一种从没有听到的鸟叫声，聪聪就循着鸟声找去。不知走了多久，后来被一树根绊住了，重重地摔了一跤，地上几根带刺的草刺进了眼，极痛。聪聪就揉眼。忽儿，聪聪见到了绿色的树，蓝色的天空，白色的浮云。聪聪以为做梦，就使劲捏自己，有痛的感觉，便狂热地喊："老天爷有眼，我不再是瞎子了。"聪聪就抓了一把带刺的草放进口袋，他要让林林也复明。

进了茅屋，聪聪见了拥在一起的花花和林林，忙退出门。花花松开了林林，惊喜道："你的眼睛好了，咋好的？"

聪聪见了花花，眼亮了。花花竟这么好看，或许仙女也没她好看。聪聪呆呆的目光死死地黏在花花脸上。花花红了脸，问："你的眼咋好的？你也让你哥哥的眼好。"聪聪这才醒悟过来，说："我也不知怎么好的。"

几天后，聪聪受省电视台的邀请，去省城吹笛子。聪聪要花花同他一起去，花花不，说："我要照顾你哥。"聪聪说："我在你眼里不如我哥吗？花花，跟我走吧。我凭手里这支魔笛，会挣来洋房汽车，你跟了我会幸福的，我相信我有这能力，这回省电台就给我一万块钱。"花花说："我只爱你哥，这爱是说不清楚的。"

聪聪很失望地去了省城。一到省城，聪聪见到那么多的美女，心情才好起来。聪聪心想，我凭手里的魔笛还怕找不到比花花漂亮的女人？可演出竟失败了。聪聪对着台下成千上万的观众，拿笛子的手竟抖起来，他从没见过这么多人直视他。更怪的是他变成一个不会吹笛的人一样，笛子放在嘴边许久，就是吹不出调。台下的起哄声、口哨声、喊倒彩声响成一片，聪聪拿笛子的手一使劲，笛子被他折成两截。

聪聪又回到村里，他仍不会吹笛，怪的是树林的鸟见了他，再不像以前那样在聪聪头顶上欢快地飞来飞去，而逃不及样飞跑了。林林要聪聪从头学，聪聪再不想学吹笛了。他一听到林林的笛声，心就刀剐样痛，聪聪求林林："别再让我听见笛声了。"聪聪再不甘愿住茅屋，再不甘愿穿粗布破衣，再不甘愿吃青菜萝卜，但他又啥也不会。他一下觉得活着没意思。他想到了死。聪聪在投鄱阳湖的前一天对林林说："哥，你拿这些草汁擦眼睛，眼睛就会复明的。"

那些草被林林扔了。

后来林林同花花结婚了。每天一清早，林林就被花花搀扶到鸟叫的地方。林林拿起笛，和着鸟叫声吹起笛来。

感谢善良

是个雨夜。

雨很大，借着路灯，林子看见一条长得望不见边的瀑布从天上垂下来。耳畔只有噼里啪啦的雨声，手上的伞出奇的沉。冷风袭来，冰凉的雨点砸在脸上透骨冷。路上看不见行人，只听见自己走路的哗啦哗啦声，街道上积满了水。

在这寂寥的雨夜，走在这寂静的街头，林子有点怕。林子手里的提包里有五万元现金，林子带这钱原本是想提货，可货主一直没来。如万一碰到拦路抢劫的怎么办？林子这样想，不由往后一看，头皮一麻，心猛然一下提到嗓子眼。林子身后真的跟着一个穿着黑雨衣的人。林子便加快了脚步，身后那人也加快了脚步，林子慢下来，身后的人也慢下来。林子再不觉得冷了，尽管汗水把衬衣都浸透了。

十字路口，林子拐进了一条平时很热闹的街道。林子看见前面有个人，脚步不由加快了，林子想赶上那个人。就在此时，飞来一辆小车，只听见"啊"的一声惊呼，前面那个人倒下了。林子愣了，清醒过来便大声喊："轧人了，轧人了。"可那小车早不见了踪影。

林子跑上前，抱住那人，大声喊："救命啊！救命啊！"可没人应，林子的伞被风卷走了。片刻，林子就成了落汤鸡。穿雨衣的人过来了。

来了一辆车，林子站在路中间，不停地摇手。可那车往路边一拐，呼的一声飞过去了，车轮溅起的泥水扬了林子满脸。林子抹了下脸上的泥水，骂着："这些人的良心都让狗吃了。"林子蹲下，把那昏迷的人从雨水中抱起来，对穿雨衣的人喊："我们不能眼睁睁地看着人死，你过来帮下忙，我背他去医院。"林子早忘了那穿雨衣的人是啥人。穿雨衣的人过来帮忙把那人扶上林子的肩，林子背着那人就跑。林子的手腕上还吊着那黑提包，林子一跑，那提包就上下左右晃，林子托着那人屁股的手就沉了许多。林子对那穿雨衣的人说："这包沉，你帮我拿着。"林子背着那人没命地朝医院跑去。

又一道刺眼的白光，又来了一辆车。林子忙站到路中间。这回，车停了。司机打开车门说："快上车。"穿雨衣的人也跟着上了车。

很快到了医院门口，林子同穿雨衣的人抬着那人进了医院。医生说："先交两千元钱。"林子从穿雨衣的人手里拿过提包，交了钱，那人才被推进了急救室。

林子这才认真看了眼穿雨衣的人，伸出手，笑着："兄弟，认识一下，我叫林子。"那人说："我叫黑子。"两双手紧紧握了握。

等了像有半个世纪，急救室的门开了。林子和黑子忙迎上去："医生，怎么样？"医生说："脱离危险了。"林子和黑子都松了口气，脸上都有了笑。

林子说："黑子，你猜我开初把你当成了什么人？"黑子说："拦路抢劫的坏人。"林子望黑子的眼里盛着一个大大的问号："你咋知道？"黑子低下头，嗫嚅着说："其实我真的是个坏人。我跟随你那么久，就是想要得到你提包里的钱。"林子说："那你怎么没……"黑子说："我刚想下手，就发生了这事。""可是后来你还帮着我拿手提包，那时你如果撒腿跑，我没一点办法，我背他背得双腿一点力都没有，走都走不动。"林子说着望了眼黑子。黑子忙看地下，说："后来，我改变主意了。"林子问："为啥？"黑子说："说给你听也无妨。我小时候有个幸福的家庭，父母很恩爱，都极喜欢我。可在我十二岁那年，母亲遭车祸死了。那肇事的司机逃了，母亲躺在地上一个多小时，许多人围观，就是没人救。后来有好心人拦了辆车，可晚了，医生说如早来十几分钟就有救。母亲死后，父亲的脾气变得极坏，总是喝酒，喝醉了就打我，下手极狠。十四岁那年，我就逃了出来，四处流浪。也进过两回牢。这回看到你救这遇车祸的人，我心想，要我母亲那时能遇到你这样的好人就好了，那我母亲就不会死，那父亲也不会时时打我，那我也有个温暖的家，我也不会成为这样子……"黑子哽咽得再也讲不下去了，脸上也满是泪。

遇车祸的家里人来了，林子和黑子才回家。

雨还没停，林子说："打车走吧，我再也走不动了。""这么晚哪有的士？"黑子问。"会有的。再说这么大的雨，会淋病的。"林子说着就打起喷嚏来。黑子忙脱下自己的雨衣，说："穿上吧。"林子就见到黑子腰里的匕首。黑子就取下来，从刀鞘里取出闪着寒光的匕首，林子打了个寒战，眼里也露出一丝恐惧。黑子说："这匕首再也用不着了。"黑子随手一扬，那匕首划了道优美的亮亮的弧线，"咚"的一声落进池塘里去了。黑子说："如你这回没救这遇车祸的人，那你早躺在血泊中了。你该感谢你的善良，是你的善良救了你，我也感谢你的善良，要不我又成了一个罪人。"

此时，一辆亮着灼眼灯光的"的士"来了。

贵人要来家做客

吃晚饭时，棉花对八根说："过几天，有贵人来我们家做客。"八根知道棉花说的贵人指的是她在县城什么局当局长的远房侄子。棉花早跟八根说过这事。八根曾要棉花让那位局长来家做客。棉花说："人家当那么大的官，事那么多，哪有空！"

八根放下饭碗，说："他真的要来我们家？"语气里满是兴奋。

"他搭信说要来，说要看看我这个姑姑。"

"家里这么乱这么脏，他来了坐都没地方坐。"

"你长双手是干啥用的？"棉花的话一出口，心揪紧了，她从没敢用这种语气跟八根说过话，往日总是八根支使她。八根没觉察到异样，说："那我这几天就动手干，满缸的粪要挑，猪栏要清，要不你侄子来了，嗅见了臭味，饭都吃不下。还得弄点好东西招待你侄子，鱼肉要买，鸡要杀……"

"不要花销那么大。他就吃一顿饭，弄那么多菜，浪费了。"

八根不同意："他来是看得起我们，哪能将就？浪费就浪费点。他来我们家，我们脸上有光，村里人都会敬重我们。"八根说着从口袋里掏出五十元钱，说："这钱你拿着买菜。"

棉花笑："你这回咋这样大方？"以往八根的手极紧，棉花若要拿钱买些盐糖酱之类的东西，八根也老大不乐意，非要棉花讨几次他才拿，一脸的痛苦，仿佛有人拿刀割他的肉。

晚上，八根躺在床上，激动得翻来覆去睡不着。棉花说："睡吧，明天还要挑粪呢。""好，听你的，我睡。"八根嘴里虽这样说，但仍翻过来翻过去的，床板也跟着吱呀吱呀地响。这弄得棉花都睡不安稳，棉花就骂："你睡不着，就别睡。""行，我不睡就是。"八根就起了床，坐到院子里。

八根这么听她的话，让棉花想不到。往日，家里不管啥事都是八根说了算，棉花没插嘴的份。如棉花硬是要插嘴，那八根的巴掌就上了她的脸。

真谢谢在城里当官的远房侄子。

次日天没亮透，八根就起了床。八根拿了担粪桶挑粪。路上，村里人同他打招呼："哟，今天太阳从西边出了？咋这么早挑粪？"往日，太阳不起山，八根不起床。

"我女人那在城里当局长的侄子要来，家里这么脏这么乱，得弄弄。"八根说这话时，一脸得意，眼缝里都是笑，话里也明显透出炫耀的意味，且声音极大，好像问话的人耳朵聋了。

问话的人听了八根这话，脸上的笑没了，灰灰地走自己的路。

走到肉摊前，八根也大声说："几天后，得给我留点猪肝猪肉，我女人那在城里当局长的侄子要来家做客。"

经八根这一吆喝，全村里人都知道了棉花的局长侄子要来八根家做客了。

一个早晨，满满一缸粪，八根便挑完了。

八根要歇，棉花又支使他刷了墙："墙上黑不溜秋的，我侄子见了，饭都吃不下了。得刷一层石灰水。"八根二话没说就干起来。

这时，村长来了。棉花忙让座，说："瞧屋里脏不拉叽的。""不碍事。"村长说着递给八根一支烟，八根有点受宠若惊，忙双手接了。真谢谢女人在城里当局长的侄子。要不，村长咋敬我烟？以前村长话都不愿跟我说，我找话跟村长说，村长也爱理不理的。八根说："局长过几天要来，你若有啥事要她这个侄子办，尽管跟我说。""我来也正是为了这事。"村长就说了："我儿子想调你侄子那个局里去，儿子那个单位工资都发不出。"八根一口应下来："这事好办，还不是我女人侄子一句话。"可棉花说："这事并不那么好办！我侄子当局长，找他办事的人多。当然，我如出面硬要他办，我相信他不会不买我这姑姑的账。"村长知道棉花说这话的意思，就说："你如有啥事要我办，尽管说。"棉花说："我那块田能否换一下。""行，明天就跟你换。"

棉花家分到一块易旱又易涝的田，原本说三年以后再换，可那块田，棉花已种了五年。棉花和八根不知找过村长多少次，村长总找理由往后拖。想不到这回，村长立马应下来。

村长告辞时，八根千恩万谢地把村长送出了门。

八根对棉花说："还是你行，田的事一下解决了。但不知村长的事，你那侄子肯不肯帮忙？"

"这不关你的事。"棉花岔开话题，说，"你手上还有多少钱？""你问这干吗？""求人办事空手能行？如今亲兄弟办事都不能空手。"八根说："还有二百多块钱。""你那钱全给我，今后我管家算了。""你管就你管，我正好轻松些。"八根嘴上虽这样说，但拿钱匣子的钥匙给棉花时，心刀剜一样痛。

这两天，八根被棉花支使得团团转。八根毫无怨言。

但十余天过去了，棉花那局长侄子还没来。

八根问棉花。棉花说："他忙，抽不出身。"又过了半个月，棉花才对八根说："我那侄子说事儿太多，实在没时间，说明年一定来。"

八根很失望。

烟瘾来了，一摸口袋，空的。八根记起刚找过棉花要钱买烟，可棉花没给。又找棉花要钱，棉花这回给了八根一块钱。棉花见八根找她要钱的可怜巴巴的样，很得意，心里说，要我真有个在城里当局长的侄子就好了。

青草地的诱惑

和煦的阳光在婷的头上跳跃不停。

还有风，风一吹，长得没过膝盖的青草簌簌着响，像情人的喁喁低语。

婷欢快的笑声溢满青草地，笑声的尾音拖得好长，在青草上荡个不停。

瞧那儿的花开得多艳，花上的每滴露珠都裹着一个金灿灿的太阳，映出千万道五颜六色的光芒，有点刺眼。成群的蝴蝶在花上翩翩起舞。

婷蹑手蹑脚去捉一只大蝴蝶。

靠近了蝴蝶，婷蹲下，缓缓伸手去捉。蝴蝶的羽翼轻微地颤动。

咯咯咯，婷捉到了蝴蝶，开心地笑。

成群的蝴蝶围着婷飘飞。

忽然，婷看到了一潭清水。

婷弯下腰一看，自己竟有这样美。婷痴痴地盯着水中的人看。瞧那黑得发亮的长发，那如月亮般温柔的脸，那如泉水般清澈的眼睛……真美！两朵好看的红晕飞上婷的脸。

鱼，这潭里竟有鱼。几尾寸长的小鱼在水中嬉戏，时而蹿出水面，露出白的肚皮，时而在水中呆滞不动，吐出一串串水泡。

婷扯了一根草，丢进水里。

二尾鱼衔住草，都往自己这边拉。

忽儿，一只白色水鸟飞来，猛地扎进水中，叼起一尾鱼，飞了。镜样的水面碎了，涡出一个个旋涡。

婷呆呆地看渐渐消失的水鸟。

婷，有人喊她。婷应了声，四处看，却没人。听声音，婷知道是山，婷的心里扑通扑通无规则乱跳，脸也红了，桃花样。

身后的草窸窸窣窣地响。婷一回头，哎哟一声，被山紧紧拥在怀里了。

嗯，嗯，你好坏。婷在山怀里，握着的空拳不断捶打着山的背。

山嘻嘻笑着说，不疼，一点也不疼。

婷狠心一使劲，山就哎哟哎哟地叫。

真的疼？婷就摸山的背。

有两只小鸟在头顶上欢欢悦悦地叫。成群的蝴蝶围着婷不停地飞舞。

忽儿，一条扁担样长的蛇向婷游来，婷全身起了鸡皮疙瘩，也不由大叫，妈呀，蛇，蛇……

婷，你醒醒，醒醒。娘推婷。

婷醒了，烫热的身子汗淋淋的，脸也火烤样烫。

做啥噩梦？娘问。

婷说，娘，我想去鄱阳湖畔看那片青草地。

唉，你怎么看？都怪娘赚不到钱为你治眼，唉！娘惆郁地叹气。

娘，我没眼睛，可用心看，用手看。

傻女，那片青草地早没了，草已连根拔了，说改成良田，良田没改成，现在只是片荒滩，啥也没。

娘哄我，山哥前天还对我说，那片青草地同我小时见的一样美，有成群的蝴蝶，有欢叫的小鸟，有青幽幽的潭……

他哄你。

娘哄我，他不会哄我。

我没哄你，娘为啥哄你？……山昨天就同梅去南方打工了。

婷再忍不住号啕大哭，哭得好伤心，不住地打噎，双肩一颤一抖的。

娘又叹气。

许久，婷哽咽地说，娘准哄我，那片青草地仍在，草仍那么长，草丛里仍有好多好多野花，仍有好大好大的蝴蝶……

赶明儿一清早我就去湖畔看那片青草地。

温馨一幕

这几年，章老一直走霉运。

先是老伴得肝癌死了。老伴死了，章老没心情做生意，把公司让给两个儿子管理。儿子却不争气，把他苦心经营十几年的公司给弄得关了门。公司贱卖了，儿子又为分钱不均打得头破血流。更让章老伤心欲绝的是他再婚后的年轻妻子，卷跑了他留着防老的八十万，至今下落不明。幸好章老还留了一手，他另藏了一个五十万元的存款折。

章老大病了一场。

大病一场后的章老苍老了许多，头发全白了，皱纹也爬了一脸。

活着真没意思。

章老想到了死。

章老来到人民公园里。公园里有口湖，天黑后，他眼一闭，往湖里一跳，一切痛苦都结束了。

公园自免费开放后，人极多。唱戏的、下棋的、跳舞的，人声鼎沸，很热闹。章老在湖边石凳上坐下来。章老的旁边有个少年在乞讨。少年跪在地上，地上放一张求援信。有几个人围看。偶尔有人往少年的碗里扔钱。

章老没有心思管人家的事。其实章老不用看也知道少年那加盖红公章的求援信上写的是什么，无非是父亲病故、母亲残疾、自己面临失学，求各位好心人发发善心什么的。这种事，章老见过许多。他们绝大部分都是骗子。章老从没对他们解囊相助过。

此时一个衣衫破烂、走路一跛一跛的老乞丐从章老身旁走过。老乞丐走到少年面前立下了。老乞丐从口袋里掏出一个装钱的薄膜油纸袋，老乞丐把油纸袋里所有的钱全倒进少年的碗里。足有十几块钱。

少年不肯要老乞丐的钱，大伯，你的钱我怎么能要。少年拉住老乞丐，把碗里的钱往老乞丐手里的碗里倒。老乞丐一躲，钱撒了一地。老乞丐和少年都蹲下捡钱。许多行人被这一幕感动了，都纷纷掏口袋。少年连声说，谢谢！谢谢！少年的声音哽咽了。

章老的眼睛有点涩，鼻子有点酸，但他突然想起他的骗子妻子，便摇摇头，冷冷地哼一声。

太阳渐渐往西坠。

一群鸽子在头顶上盘旋，然后云一样纷纷散在草地上，咕咕地叫着。

少年从口袋里掏出一只硬得石头样的馒头，三口两口吃光了。有两只鸽子来到少年面前，啄吃地上的馒头屑。少年掏出一块钱硬币，从身旁的面包店里买来块面包，掰碎，撒在地上，并咕咕地唤鸽子。

鸽子都来吃面包屑。

少年开心地笑了，少年的笑很美，很纯，如同蓝天白云。少年捡起面包屑放在手掌上，一只白得如雪的鸽子歇在少年的手掌心上，啄吃着面包屑。少年看鸽子的眼神很安详很快乐。少年忘记了他是个乞丐。

夕阳金色的余晖洒在少年身上，少年浑身像抹了一层金粉，黄灿灿地发亮。少年手掌中的鸽子也白得耀眼。

如诗如画。

章老被这一幕深深地感动了。

鸽子吃完了面包屑，飞走了。少年贪婪地舔了舔手掌上残留的面包屑，不，应该说少年舔面包遗留在手掌上的香味，面包屑全让鸽子吃完了。

章老来到少年的面前，说，你今后的学费我全包了，直到你念完大学。

　　少年给章老磕了个头，谢谢！谢谢！

　　少年一脸的泪水。

　　章老把口袋里的钱全掏出来，这是一千二百块，一个学期的学费够吧？下个学期的学费，你去我家拿。章老掏出笔，写下他家的地址及电话号码。

　　少年一个劲地说，谢谢，谢谢！其他啥话也说不出来了。

　　我更谢谢你。章老说。

　　少年困惑地摇摇头。

　　章老笑着转身走了。章老的步子变得轻盈许多。章老出了公园，街上的灯光灿亮亮的一片，很温暖。

会说话的钞票

　　民工满生站在一蛋糕店前左看右看，不知买哪个蛋糕好。今天是满生的老婆三十岁生日，他想买个蛋糕让老婆高兴高兴。他们结婚十年了，但满生从没给老婆买过生日蛋糕。

　　店里的一名员工问满生："买哪个蛋糕?"

　　满生说："我也不知道，都太贵。"那名员工便招呼别的客人去了。

　　此时，一个年轻人碰了满生一下，那人撞的力度很大，满生一个趔趄，差点摔倒。那年轻人忙说："对不起，对不起。"满生慌一摸口袋，空的，钱包不见了。满生忙跑上前，抓住那年轻人的手，大声喊："你还我的钱包。"

　　年轻人很凶："你欠揍，谁拿你的钱包了?"

　　已围了一圈看热闹的人。

　　刚好来了两个警察。高个警察问："什么事?"高个警察的语气也很凶，他刚同老婆吵了一架。他用二十块钱买了盒金圣烟，老婆说他钱挣不到，花钱却大手大脚，两人就吵起来。两人老是为钱吵。

　　满生指着年轻人说："他是小偷，偷了我的钱包。"

　　年轻人说："我没有偷他的钱包。"

　　高个警察从年轻人的口袋掏出一个钱包，问满生："这钱包是你的吗?"

满生很肯定地说:"是我的。"

年轻人也很肯定地说:"钱包是我的。"

满生对警察说:"我的钱我认得。"

年轻人冷笑:"你的钱还会说话?"

满生说:"你说对了,我的钱还真会说话。这钱包里有三张一百块的。两张五十块的,一张二十块的,一张十块的。这里面整整四百三十块钱,是我老婆在酒店端了一个月盘子的工资。其实她这个月发了四百五十块钱,她留下二十块钱做零用钱。我老婆怕我记不住钱的用途,在每张钱上写了字。两张一百块钱上写了'寄家',意思是寄两百块钱回家。因我爸妈给我们带儿子,我们每个月寄二百块钱,这二百块钱包括儿子的抚养费和给爸妈的赡养费。还有一张五十块钱写了'寄张',意思是寄给张伯伯,他是我村里人,义务给村里人修桥时摔断了一条腿,生活极困难。我手头宽松时就给他寄点钱。"

高个警察看看两张百元钞票,看看一张五十元的钞票,笑着点点头。高个警察抽出一张百元钞票,说:"这钱上写了一个'存'字,肯定是存银行的。你一个月就存一百块钱?"

"原来我的钱全可以存起来。可我已半年没发工资了。我在建筑工地上干活,每个月六百块钱。"

"这张五十块钱写了'还',是还给人家的?"高个警察问。

"上个月我病了,发烧,拉肚子,我找工友借了五十块钱,买了一盒退烧药,一盒止泻药。开初上医院,医生开了许多药,我问医生多少钱,医生说要二百多块钱。我说这病我看不起,从医院里跑出来了。"

"这张二十块钱上写了'零和生',什么意思?"

"这个'零'是我老婆写的,意思是这二十块钱是我一个月的零用钱。其实我一个月花不了这么多零用钱。我不抽烟,不喝酒,一天三餐由老板包。我一个月只要买一包洗衣粉和一支牙膏。这个'生'这是我写的,今天是我老婆生日,我想给她买一个二十块钱以内的生日蛋糕。"

"还有十块钱呢?"

"寄二百五十块钱得要邮寄费两块五,还剩七块五,刚好买支牙膏和一包洗衣粉。"

高个警察把钱包递给满生,"你的钱真的会说话。但你今后别在钱上写字,这是违法的。"他又对年轻人说,"你还有什么话说?"年轻人伸出双手,说:"铐吧。"矮个警察掏出一副锃亮的手铐,铐住了年轻人的手腕。

人群里爆发出一阵噼里啪啦的掌声和一阵哗哗的欢呼声。

高个警察对满生说:"谢谢你,你让我懂得生活,懂得怎么生活。"高个警察把抽了几支的金圣烟塞给矮个警察。矮个警察问:"准备戒烟?"高个警察点点头:"戒,一定得戒。"

戒 指

一

是一只很普通的金戒指。

戒指是男人订婚时送给玉珍的。这戒指一直戴在玉珍的无名指上。一天男人在鄱阳湖里打鱼，突然刮起狂风下起暴雨，船被风掀翻了，男人也永远离开了玉珍。

男人死后的一年，玉珍把戒指从无名指上取下来，戴在中指上。玉珍认识了另一个男人。男人帮玉珍干这干那的。耕田耙地，挑水担粪，什么活都干。

但玉珍的女儿小梅却不喜欢男人。玉珍让小梅喊男人叔，小梅哼一声，扭过脸，聋子样没听见玉珍的话。玉珍就叹气："这娃，一点也不懂事。"男人劝玉珍："没事，小梅今后会叫我的。"男人想摸一下小梅的头，小梅躲开了。

后来，玉珍对小梅说："他想同我们一起过日子。他是个好男人，勤快、老实、会疼人。娘一个人支撑不了这个家。"

小梅不同意："你若同那男人一起过日子，那我走，不在这个家待。"

玉珍说："你怎么这么讨厌他？"

小梅说："我只喜欢我爸，别的男人我都讨厌。"

男人再来玉珍家时，小梅说："请你以后别再进我家的门。"男人一脸尴尬地笑："好，那我走。"但玉珍拉住了男人。小梅说："那我走。"小梅头也不回地出了门。

天黑时，男人和玉珍四处找小梅。玉珍说："她肯定去她爹的坟头了。"玉珍和男人去了坟地，小梅真的坐在那。小梅一脸的泪水。玉珍拉小梅回家，小梅不："要我回家行，那他今后永远别进我家的门。"男人说："行，行，我走，我走。"男人的声音里夹着哭腔。玉珍想说啥，却一个字也说不出来。

男人此后再没来过了。

玉珍又把戒指戴在了无名指上。

二

小梅出嫁时，玉珍把无名指上的戒指取下来，递给小梅，妈也没啥东西送给你，你把这只戒指带上吧。小梅不接："妈，这只戒指是爸送你的，我怎么能要？"玉珍把戒指硬塞进小梅的口袋里，但小梅又把戒指拿出来，放在床上。

几年后，玉珍竟得了肝癌。玉珍临死前把那只戒指又塞进小梅的手里："你今后看见了这只戒指，就会想起我和你爸。"

小梅这回没拒绝，含泪接过了戒指，戴在无名指上。

又是几年后，小梅也成了寡妇。小梅的男人在山上砍柴，不慎掉下了山崖，死了。

后来，小梅同另一个男人偷偷好上了。男人帮小梅干这干那的，耕田耙地，挑水担粪，什么活都干。

但小梅的女儿英子不同意小梅同那男人好。英子对小梅说："妈，你要我还是要那男人？你若要那男人，那我就走，走得远远的，永远不回来。"

小梅几次跑到玉珍的坟前，扑在坟上哭："妈，我现在才知道你的苦。我以前不懂事，不该拆散你们。妈，我对不起你。"

但小梅没再同那男人来往了。

三

英子出嫁时，小梅取下无名指上的戒指，递给英子："妈穷，没啥好东西，这戒指你戴上吧。"英子说啥也不肯要。

后来，英子的男人也出事了。

男人在山上炸石头，一回，男人埋的炸药许久没响，男人上前看是怎么回事。还没走到炸药跟前，炸药"轰"地一声响了。男人倒在血泊中。男人捡回了一条命，但两条腿炸没了，裆部也炸没了。

英子天天哭。

有个男人总帮小梅干这干那的，耕田耙地，挑水担粪，什么活都干。

但英子对那男人很冷。

小梅对英子说："别苦了自己。"英子一头扎进小梅的怀里："妈，我，我以前好傻，我不该拆散你们。妈，我错了。"小梅抚着英子的头发，泪水也淌下来了："都是过去的事了，别再提了。妈是苦，但我不想你再像妈这样苦。"英子说："可我不想村里人指着我的后背骂。再说，我顾了自己，他一个人怎么办呢？"小梅说："你可带着你男人嫁给他呀！"

小梅找到那男人，把无名指上的戒指取下来，递给男人："你把这戒指送给英子。英子会喜欢你的。"

男人就去找英子。

英子把戒指戴在无名指上，然后亲吻了一下戒指，眼里悠晃着晶亮亮的泪水。

家　事

　　二哥在新婚之夜还是逃走了。二哥白天也逃过一次。那时，锣、鼓、唢呐响成一片，鞭炮也噼里啪啦响得极急。迎亲的队伍要去接新娘。可是二哥这个新郎不见了。大哥急得脖子上的青筋都冒出来了："这个狗杂种，如找到他，看我不打断他的腿。"可四处找也没二哥的影。

　　大哥就求人开着手扶拖拉机去追。

　　追上了二哥，大哥狠劲扇了二哥两个耳光："你这样走，能对得起你哥吗？为了给你娶媳妇，我差一点死在砖窑里，可你倒好，就这样走，狠心把你哥的血汗钱往水里扔。"大哥说的是实话。爹娘去世得早，十六岁的大哥担负起抚养十岁的二哥和六岁的我的责任。因家里穷，大哥三十岁了，仍娶不到女人。大哥拿定主意打一辈子单身，可大哥不想让二哥也打一辈子单身。大哥便想方设法地挣钱。大哥得知进窑背砖挣钱多，就进窑背砖。这活极苦，窑内的温度高达四五十度，冬天进窑都得光着膀子。大哥一回背砖，突然中暑，昏倒在地上，幸好抢救及时。医生说："晚来几分钟，他就没命了。"大哥积了点钱，就求媒人帮二哥找了个女人。大哥为给二哥娶个女人，花了几千块钱，二哥却好，拍拍屁股就跑。大哥自然很是气愤。大哥气得全身发抖，眼里也汪着泪。

　　可是二哥任大哥打，就是不肯回家。二哥说："哪有弟弟先结婚的？"

在我们家乡，如弟弟比哥哥先结婚，那就表明哥哥是好孬的人，今后也不会再有女人愿嫁她，要不人家以为女人也是好孬的女人。可是哪个女人愿意承认自己孬？这样，哥哥必打一辈子单身无疑。后来大哥"扑通"一声跪下了："哥跪下求你还不成吗？你如不同我回家，我就一直跪在这里。"二哥只有回家了。

想不到二哥晚上还是走了。大哥气得瘫坐在地上，哭着骂二哥："你这个心被狗吃的杂种害得我好苦呀！……"

大哥便对二嫂说："你还是先回娘家吧。"

二嫂一脸的泪水："回娘家？我怎么有脸回娘家？我既然进了你陈家的门就是你陈家的人，死了自然也是你陈家的鬼！"

大哥一脸愧疚："可是，可是……唉！都是我害了你。"

二嫂就留在家里了。二嫂很能干，啥事都能做，耕田耙地的田地活也极在行，家里也被二嫂弄得干干净净的。大哥在田地里忙累了，一回家，就能喝热茶吃可口的热饭热菜了。二嫂越是这么能干，大哥心里越是愧疚。大哥觉得是他害了二嫂。

田地里一些耕田耙地、挑水担粪等一些重活累活，大哥抢着干，不让二嫂沾手。二嫂也对大哥极好。家里有些好吃的，二嫂也总留着大哥吃，自己舍不得动筷子。这样，村里便传出一些闲言碎语。这些闲言碎语传到大哥的耳朵里后，大哥又要让二嫂回娘家，二嫂仍不。大哥说："这样下去会脏了你的清白。"二嫂说："嘴巴长在人身上，人家爱怎么说就怎么说。"大哥便盼二哥早些回家，早些同二嫂一起过日子。

这时，二哥也来信了。二哥信中说他在佛山一个玩具厂打工，他同一个四川女孩好上了。二哥让大哥同二嫂一起过日子，说他从没喜欢过二嫂。大哥气得骂了句"狗杂种"，把二哥的来信撕得粉碎。大哥对二嫂说："妹子，他来了封信，信中说过年时回家。"

二嫂听了这话，泪水淌了一脸："哥，你别再骗我了，他也给我来了一封信。"二哥给二嫂的信中说大哥是个好男人，说二嫂如同大哥一起过日子会很幸福。

大哥见了二嫂的泪水，慌得手足无措。二嫂说："我想他说得也有道理，我们就一起过日子吧。"

　　大哥忙摇头："不行，决不行。"

　　过年时，二哥带着那个四川女人回家了。大哥当着四川女人的面又扇了二哥两个耳光，但大哥看着二哥同那四川女人恩恩爱爱的，心里也踏实了些。二哥在家没待几天就走了。二哥对大哥说："我明年正月就回家结婚。"二哥又对二嫂说："替我好好照顾好我哥。"

　　二嫂一天晚上捂着肚子在床上打滚，豆大的汗珠从额上渗出来。大哥二话没说，背起二嫂就往乡医院赶。十几里的山路，大哥也不知摔倒过多少回。大哥摔倒了就爬起来，伏在大哥厚实的背上的二嫂很是感动，心里也感到踏实，疼痛也减轻许多。

　　到了医院，医生一检查，原来是阑尾炎。二嫂开了刀，大哥在医院里悉心照顾二嫂。

　　后来，大哥同二嫂好上了。大哥给二哥写了封信，说他和二嫂准备在明年正月初六结婚，大哥想让二哥同四川女人也在正月初六结婚，这样可省许多麻烦。

　　二哥很快回了信，答应了他也正月初六结婚。

　　腊月二十五，二哥回家了，可那个四川女人没回家。二哥说："她娘病了，她回家了。"

　　正月初六这天，二哥在大哥的婚宴上喝得酩酊大醉，二哥的眼里悠晃着泪水。我把二哥扶进房，二哥抓住我的手问："永林，你说我这样做得对么？"我不懂二哥的话，我问："二哥，你同那四川女人什么时候结婚？"二哥说："傻瓜，那个四川女人小孩都有两岁了，让她跟着我回家，我给了她一千块钱……"二哥上了床，很快打起"吭儿""吭儿"的鼾声。

　　我打开门，一脸泪水的二嫂正站在门外，不，是一脸泪水的大嫂站在门外。

八月的山村

八月的山村很热。

日头像个炽烈的火球悬在头顶上。一出门，一股热浪扑面而来，头发马上滚烫滚烫的，似要燃起来。不敢看日头，一看，眼就似刀刺了一下，痛，眼前也黑糊糊一片。

喜保弯着腰，撅着屁股割稻。喜保是割稻的好手，一片"嚓嚓"声，稻棵一把把整齐地倒在喜保的身后。

喜保身上的汗如雨落，额上的汗水糊住了喜保的眼，眼里像进了辣椒粉，涩涩地痛。喜保的肚子里也似有火在蹿，喉咙也在冒烟。一壶水早喝干了，可喜保想再割两垄稻谷回家。

知了"热死了，热死了"地吼叫。知了的叫声让喜保觉得更热。偶尔有几只麻雀有气无力"啾啾"地叫两声，从头顶上掠过。

"喜保——喜保——"

喜保直起腰，姐姐挥着手朝这儿跑来。姐姐跑得很急，喜保不知出了啥事，惶惶地立在那。近了，姐姐激动地说："弟弟，你考上大学了，通知书下来了。"喜保笑了下，但片刻，脸上的笑容一点点散去了。喜保叹口气，又蹲下割稻。姐想，喜保准是想到没钱念大学。姐脸上的笑也没了，喜保割稻的"嚓嚓"声碎了姐的心。姐说："这大学你一定得念。"喜保不出声，仍割他的稻。喜保的汗衫已湿得没根干纱，短裤也湿透了，水浸了样。姐抢过喜保手里的镰刀，说："饭我已做好了，回家吃饭吧。"姐蹲下割稻。

进了屋，喜保在水缸里盛了满满一瓢水，咕噜咕噜地喝光了，又盛了一瓢水。

躺在床上的爹说："喜保，你考上大学了。"喜保说："我不念。""咋不念？考不上没办法，考上了得念，卖屋都得念。"喜保爹说着"咳儿咳儿"地咳嗽起来。喜保盛了碗饭放在爹手里："爹，吃饭吧。"泪水在喜保爹眼里转悠："都怪做爹的这病，是爹拖垮了这个家。唉，你娘也走得太早，要不咋没钱。"喜保的泪水一滴一滴地掉在饭碗里。喜保怕爹看见他的泪，忙出了门。

晚上，喜保就去村里每家每户借钱。喜保说尽了好话，但只借到几百块钱。村里有的人家的确穷，没有闲钱。有的人家有了点血汗换来的钱，却舍不得拿出手。钱借出去了，不知要待到啥时回来。

爹对喜保说："你明天去城里舅舅家看看。"

第二天一早，喜保去了舅舅家。三十几里路，喜保是走着去的。喜保舍不得拿钱买车票。

但舅舅只借给了喜保 300 块钱。

喜保见一家私人开的诊所贴着一张有专治全身瘫痪中药的广告，便进了小诊所，问医生这中药是否有效。那医生正给一位病人把脉，便说："你不信，问问他。"那病人点点头，说他以前卧床不起，吃了这儿三副中药，就能走路了。喜保动了心，咬咬牙花 300 块钱买了四副中药。

喜保爹知道喜保上舅舅家借不到多少钱，他想到了卖屋。但卖屋，喜保准不同意。因卖了屋，他就没地方住。喜保爹想到死，他成天躺在床上，不但啥事不能做，且一日三餐都要人端，活着是儿女的累赘。他如死了，喜保准会卖屋，那喜保就有钱念大学了。喜保爹在床底下找了半瓶"敌敌畏"，拧开瓶盖，刚想喝，突然想到自己死在这屋里，那这屋就脏了，不好卖。喜保爹又拧上瓶盖，放进口袋，爬出门，爬进树林里才喝了农药。

喜保姐进了屋，喊："爹，爹，我有钱了，弟可念大学了。"但没回音，喜保姐燃亮煤油灯，床上没爹的影。她又记起门是开的，爹到哪儿去了呢？喜保姐的心一下掠到嗓子眼，双腿也发软，她有了一种可怕的预感："爹，爹，你千万别出事呀。"

左邻右舍被喜保姐的哭喊声惊动了，帮着四处找。

有人在树林里找到喜保爹，但身子已冷了。

喜保姐伏在爹身上晕过去了。喜保姐醒来后，号啕大哭："爹，苦命的爹呀，你不该走这条绝路呀，我已有 5000 块钱，弟可念大学了……"喜保姐哭着哭着，透不过气，又晕过去了。

村里人都掉了泪。有心肠软的妇女也跟着哭出声。

喜保姐把自己卖给了一个比她大二十岁的鳏夫。那男人在镇上开了家饭店，有点钱。喜保姐把自己的身子给了那男人后，那男人就给了她 5000 块钱。

有村里人去县城找喜保。

去县城叫喜保的人前脚刚走，后脚就来了人。那人对喜保姐说："昨天傍晚，我在街上遇到了喜保。喜保把给你爹买的药让我捎回来了，喜保说这药治瘫痪病极有效。喜保说他不想念大学，说他去广州打工……"

喜保姐把一摞钱往空中一抛，钱纷纷扬扬地飘："哈哈，这该死的钱！哈哈哈！……"喜保姐哭了笑，笑了又哭。那哭那笑阴森森的，让村里人的心激灵灵地打冷颤。

喜保爹是两天后出殡的。

葬礼很冷清。除了八个抬棺的，只有十几个人送葬。疯了的喜保姐跟在棺材后仍是又哭又笑的。

仍极热。日头白晃晃的灼人眼。稀拉拉的鞭炮声让人觉得更热。狗趴在树荫下，舌头伸出嘴外，呵呵地喘着气。以往，狗只要一听到一点动静，就汪汪地吠个不停。如今，狗听了鞭炮声，都没精神吠了。

出　走

我在十岁生日的那天出走了。

出走的原因很简单，那天一清早，母亲特意为我煮了一碗面条，面条里还卧着两只鸡蛋。我把两只鸡蛋放在面条上面，然后端着碗四处炫耀。那时，我们村根穷，小孩平时很难吃上鸡蛋，家里的鸡蛋全被父母拿到农贸市场上卖了。

小孩见了我碗里的鸡蛋，都馋得流口水。我得意地说："今天是我生日。"村里的南瓜拿了一本《孙悟空三打白骨精》的小人书，要换一只鸡蛋吃，我同意了。

可是就在这时，村长儿子大头来了。大头故意撞了我一下，我的碗就掉在地上破了，面条鸡蛋撒了一地。我刚想把鸡蛋捡起来，可是大头又故意踩在鸡蛋上。

我那时蓄了很长的指甲，目的就是想抓人。如今，我的长指甲派上用场了，我对着大头的脸狠劲一抓，大头"唉哟"一声叫。大头朝我扑来，我俩扭打在一起。

大头尽管比我大一岁，个子又比我高，但没有我的力气大，没我灵活。我的脚绊住他的脚，然后用劲把他往后一推，他摔倒了，我压在他身上。我拼命地打他："你赔我的鸡蛋，赔我的鸡蛋。"

这时大头的娘来了。大头的娘见大头一脸的血，忙把我从大头身上拎起来，然后捉住我的手，任大头打我。

我想挣脱大头娘的手，却挣不脱。我的脸被大头抓破了，身上也挨了大头十几拳。我哭喊起来："娘，你怎么不来帮我……"

碰巧我娘来池塘边洗菜。

我惊喜地喊："娘，快来帮我，他们两个人打我一个……"我想我娘准能打赢大头的娘，到时我要狠狠地揍大头。

可是，娘不但不帮我，还打我。娘狠劲地打着我的屁股，还骂："你这个短命鬼，咋这么喜欢惹祸？我叫你在家里待着，你偏不！现在好吧？自找的！……"

娘这样做，让我心里很难受。我的眼泪"哗哗"地淌下来了："娘，你怎么还帮着大头打我？是我有理呀！是他先打碎了我的碗，还故意踩在鸡蛋上……娘，真的是我有理呀！别人的娘都帮自己的儿子，可你帮着别人打我。娘，难道我不是你亲生的儿子？……"我拿陌生的眼光看着娘。奇怪的是娘眼里竟也有泪水。

后来我挣脱了我娘的手臂跑了。那时我极伤心，我想远离娘，想远离大头，远离村庄。娘在后面不停地喊我："永林，你回来，回来呀……"我哭喊着："你不是我的娘，不是我的娘！"我头也不回忘命地跑。渐渐地，我听不见娘的呼喊声。

我上了一辆去县城的班车。

到了县城汽车站，我不知道到哪里去，我的肚子也饿了。我看到有个男人吃面包，肚里饿得更厉害。那男人见了我的馋样，就送给我一块面包。那男人问我："你愿不愿跟我走？你跟我走，我天天给你这样好吃的面包吃。"

我点点头。

后来我坐上了火车。下火车后，那男人带着我，敲开了一家的门，那一男一女的眼光久久地黏在我脸上，渐渐地，男人女人的眼里都有了笑意。女人给了那男人一叠钱。那男人满意地对我说："你的命真好，他们肯要你是你的福气，你在这能过上好日子了。"

那时，我竟"哇"的一声哭起来。我哭得很伤心，我边哭边喊："我要回家，我要回家。"那女人很温柔地把我搂在怀里，拿条香喷喷的手帕替我拭眼泪，她说："别哭，今后在这习惯了，就不想家了。"她说着轻轻拍着我的背，我竟睡着了。

后来我在城里念书，然后考上了大学，毕业后分在省城一家杂志社工作。我便四处找我的亲生父母。

几经周折几经艰辛终于探听到我父母的详址，我立即坐上火车。

一进村，一个穿着破烂浑身散发着臭味的疯女人拉着我的手说："儿子，我的儿子回来了。"我忙挣脱她的手臂说："你认错人了，我不是你儿子。"村里人问我找谁。我说找父母，并说了父母的名字，那村里人指着疯女人说："她就是你的娘……你走后，她四处找你，并不停地骂自己扯自己的头发，后来就成了这样。"

我"扑通"一声跪下了："娘，娘……"

这时，一个满脸络腮胡的中年汉子来了。那村里人对中年汉子说："你儿子来了。""儿子?"中年汉子见到跪着的我，惊喜地喊："你真的是我儿子?"我喊："爹!"我的声音颤抖得厉害。爹的泪水一下涌了出来，爹扬起手在我的脸上狠狠扇了一巴掌："你这狗杂种把我害得好苦呀!"爹蹲下身双手捧住脸，号啕大哭起来。

疯婆阿莲

　　村里的小孩都怕疯婆阿莲。小孩一哭，大人只要说，"疯婆阿莲来了"，小孩便骇得不敢哭了。

　　阿莲很脏，身上散发出一股刺鼻的臭味。样子也可怕，一头长发茅草样蓬乱着，发梢上沾着一些脏东西。她嘴里成天念叨着："儿子，我的儿子。"更让小孩害怕的是，她一见小孩就追。小孩骇得号啕大哭。阿莲抓住了小孩，就往怀里搂，解了衣扣，露出两只丰满的乳房。阿莲把小孩的嘴往乳房上按："儿子不哭，吃奶，多吃点。"小孩当然不吃，只哭。哭声引来大人，大人就从阿莲怀里夺过小孩。阿莲还要抢小孩，大人就拿脚踢。阿莲只有哭："儿子，你还我的儿子。"

　　因而小孩一见阿莲，就忘命地跑，怕被阿莲抓住。阿莲边追边喊："儿子，你别摔着了。"真的有小孩跌倒了，阿莲忙扶起来，给小孩拍身上的灰土，怜爱地说："儿子，叫我一声娘吧。"阿莲暗淡的眼里闪着奇特的亮光，脸上也满是幸福的笑。

　　唉，苦命的阿莲！村里有人叹气。

　　阿莲的命是苦。阿莲的儿子还没满一岁，男人双腿一蹬，去那边享福了。阿莲忙得想分身，既带儿子又要忙田地的事。有人劝阿莲改嫁，阿莲说："等儿子大了再说。"阿莲百般疼爱儿子，儿子三岁了，还吃阿莲的奶。有人劝阿莲断了奶，阿莲说："他喜欢吃就吃吧。"

那天一早，阿莲去田地里割稻谷。儿子拉着阿莲说："娘，我要吃奶。"阿莲掰开儿子的手，说："娘忙，待娘回来再吃。"

阿莲这一去，儿子再不能吃奶了。

儿子在鄱湖畔玩，不慎掉下湖。阿莲回来时，儿子已躺在湖滩上，眼早闭上了。阿莲的眼一黑，就晕了过去。醒来后，阿莲就解开衣服，把奶头往儿子嘴里塞，哭着喊："儿子，你不是想吃奶吗？来，吃个够！……"阿莲的话让在场的所有人都掉了眼泪。

"儿子，我的好儿子，你咋不吃娘的奶，吃呀，吃个饱！娘好狠心，竟让你饿着肚子上路……"阿莲哭着又晕了过去，醒来后又哭。

阿莲的儿子被人埋了后，阿莲就四处找儿子："儿子呢？我的儿子呢？"阿莲见到了胖胖，就一把紧紧抱在怀里："儿子，是我的儿子，快，吃娘的奶。"胖胖吓得哭起来，胖胖母亲忙掰开阿莲的手。胖胖长得有点像阿莲的儿子，村里人开初以为阿莲产生了错觉。可后来，阿莲一见小孩，就搂住，就解衣服要小孩吃她的奶。村里人才知道阿莲疯了。

阿莲这样子既让人怜又让人嫌。

只要被阿莲抱住的小孩，大人都立马帮小孩洗澡，肥皂也抹了一遍又一遍。小孩穿的衣服自然换下来洗，哪怕刚穿的。小孩晚上也会做噩梦，甚至发烧，嘴里说胡话。

大人就教小孩：如疯婆抱你，你就用石头扔或者拿棍使劲打，看她敢不敢。

一回，阿莲见了胖胖，又要抱胖胖，胖胖就跑，阿莲追，抓住了胖胖，就往怀里搂，说："儿子，你叫我一声娘。"胖胖手里拿着大石头，阿莲一蹲下，胖胖就用石头砸阿莲的脸，砸着了阿莲的鼻子，殷红的血涌了出来。阿莲松开胖胖，说："儿子，你咋下狠心打娘？"胖胖忙逃了。

阿莲伤心地哭了，哭了许久。

这天，胖胖出事了。胖胖同几个小孩在鄱湖畔玩，见湖里有条翻了肚皮的鲫鱼，就拿棍子拨，可鱼越漂越远，胖胖就下了湖。胖胖的脚一滑，就被湖水淹没了。岸上的几个小孩惊叫起来。

　　小孩的惊叫声引来一些村里人。那些村里人都不会游泳，他们看着在湖里挣扎的胖胖，不住地大喊："救命啊，救命啊。"疯婆阿莲来了，阿莲喊："儿子，娘救你来了。"阿莲跳下湖，阿莲抓住胖胖的腰，往头顶上托。阿莲的身子不住地往下沉。

　　后来胖胖得救了，阿莲却直挺挺地躺在湖滩上。

　　第二天，胖胖醒来，扑在阿莲身上，哭着喊："娘——我的好娘——你听到我叫你么？娘——"

　　远处，有人吹唢呐，"呜哩哇，哇哩呜"，唢呐声凄凉得让树丛里的小鸟也不住地哀叫。

种花的少年

少年的父亲是个教书的，但耐不住清贫，下海了。因水性好，在海里游得很畅快，口袋鼓了，便买了块地皮，建了幢三层楼房，还砌了个大院子。

发了财的父亲看母子不顺眼，三天两头吵。后来，父亲竟带女人回家过夜，母亲受不了屈辱，投了鄱阳湖。

很快，少年又有个年轻漂亮的后娘。

少年总拿刀子样的目光看那女人。

女人心里总打冷战，总避开少年的视线。

女人对少年的父亲说："你那个儿子怎么总那样看我？"

"他就那么怪。"

女人想跟少年接近，总找话同少年说，可少年总聋子样，脸上没半点反应。

没事的时候，少年就侍弄他的花。

少年在院子里种了许多花：太阳花、鸡冠花、美人蕉、芍药、菊花、夜来香……院子里总很热闹，有蜜蜂嘤嘤嗡嗡地叫，蝴蝶翩翩地舞。

少年侍弄花很认真。锄草、剪叶、浇水、打药、上肥都一丝不苟的。休息时，少年就坐在鲜花里面，嗅着花香，脸上晃着惬意幸福的笑。

少年种的花，没人敢摘。

一回，父亲的一位朋友摘了一朵菊花，少年哇哇地直嚷，好凶。那女的忙扔了花，父亲训少年，少年仍拿凶凶的眼看女人。

少年看花看得紧。

如有花开，少年好高兴，嘴里呀呀的，一脸的笑。如花枯萎了，少年就满脸阴云，眼里也湿湿的。

人说少年是花精转世的，要不咋这样爱花？少年的身上也总散发出一股很浓的花香。

后来，少年的父亲在海里翻船了，不但积蓄全搭进去了，还欠了一屁股债。那年轻漂亮的女人跟另一个男人跑了，父亲追母亲去了，房子也抵了债。

少年在鲜花里坐了一天，饭也没吃。

少年只有拿了个蛇皮袋去街上捡破烂。

那回，少年正翻垃圾时，一男人对少年说："跟我回家吧。"

少年不认识那男人，少年摇摇头。

那男人从口袋里掏出 200 块钱，说："拿着吧，别再捡垃圾，今后我每月给你二百块钱。"

少年不接，仍翻他的垃圾。

男人叹着气走了。

几天后，那男人又找到少年，什么话也不说，拉少年走。少年挣，那男人说："我带你去一个地方。"

走了好久，男人在一幢小屋里停下来。屋是刚砌的，屋前有块空地，空地被围墙围住了。男人说："喜欢这屋么？"

少年眼中泛着兴奋的光，片刻眼里的光又消失了，少年转身就要走，男人拉住了："这小屋是为你彻的，这块空地，你就种花。我也极喜欢花，但我生意忙，没时间种。你种了花，我可来欣赏，就算你为我种花，我每月给你二百块钱，行吗？"

少年愕愕地看着男人。

"要不，你种了花，可摘下来卖，卖的钱归我。"

少年点点头。

少年知道玫瑰好卖，种了许多玫瑰。但少年剪花时，心痛得痉挛成一团，手也抖个不停。少年就闭了眼剪。

剪了花，少年就把花送到男人家，让男人的女儿卖。

男人偶尔来赏花，男人在这朵花上嗅一下，在那朵花上嗅一下，一脸的迷醉。少年见男人那痴迷样，脸上也绽出鲜花样的笑。

但这天，少年送花去男人家时，男人不在，男人的女儿在。男人的女儿接过花，请他进屋坐。少年进屋了，少年见院子里扔了一地的花，这些花全是自己种的。少年拿眼问她。她说："我爸同你爸是好朋友，我爸想帮你，就……我爸其实一点也不喜欢花……我自然也不会卖花。"

少年怔立了许久。

第二天，一些垃圾旁又晃着少年的影。

地狱离天堂有多远

领导黑着脸训天鹏："想不到你背着我玩这一套，算我以前看错了人……"领导的话越来越难听，天鹏却被训得云里雾里，懵懵地不知道他哪个地方得罪了领导。他又不敢辩，领导最反感批评下属时，下属不服，还辩。

"唉，不说了，你走吧。"

天鹏灰着脸退出领导的办公室，他坐在椅子上吸闷烟，他实在想不出自己做错了什么。应该说天鹏是个好司机，他一直牢记领导说的话："不该看的不看，不该说的不说。"这几年，他还戒了酒，怕酒后失言。

这时，收发员老刘给天鹏递过来一张晚报："天鹏，这期彩票中奖号码出来了，你看看中奖了没有？"天鹏每个星期买张彩票，已买了几年，但从未中过三等以上的奖。以往，每期的彩票中奖号码出来了，天鹏就迫不及待地查看。这回，天鹏把报纸卷成一团，扔进垃圾篓里，没好气地说："看个屁。"

到了下班的时间。

天鹏走出单位的门时，一个头发乱得像鸟窝的年轻人哀求："大哥，行行好，我已两天没吃东西了。"天鹏说："两天没吃东西关我屁事？你饿死了更好。"

单位门口有个花店，天鹏买了一束鲜花，今天是老婆的生日。有个漂亮的女孩对天鹏说："大哥，能否送我一枝红玫瑰？我忘记带钱了。"天鹏聋子样没听见。

天鹏把车开得飞快，他想早些回家。有个老人躺在地上，有人拦天鹏的车，天鹏绕过去了。后来，天鹏为超过前面一辆小车，车拐到左车道上，迎面来了辆大卡车，大卡车同样开得很快。天鹏忙刹车，来不赢了，两辆车嘭地一声撞在一起了。

挡风玻璃破了，无数块碎片扎进了天鹏的头。天鹏死了。

死了的天鹏竟要被送进地狱，天鹏不服："上帝，你为什么不让我进天堂？我这辈子没做过一件坏事。"

"你做过善事没有？"天鹏想不起来，摇摇头。

上帝说："其实你有机会进天堂的，只是你错过了。好吧，我让你把那天重新再过一次。对了，那张公布彩票中奖号码的报纸，你一定要看。我要让你进地狱进得心服口服。"

于是天鹏又一次站在那挨领导的骂了："想不到你背着我玩这一套……"

天鹏坐在椅子上吸烟时，收发员老刘给天鹏递过来一张晚报："天鹏，这期彩票中奖号码出来了，你看看中奖了没有？"这回天鹏没把报纸揉成一团，扔进垃圾篓，而是认真看起来。哈哈，我中一等奖了，天呀！五百万！

到了下班时间。

天鹏走出单位的门时，一个头发乱得像鸟窝的年轻人哀求："大哥，行行好，我已两天没吃东西了。"天鹏因中了 500 百万，心情极好，他很爽快地掏出钱包，拣了一张最大的票子给年轻人："好好吃一顿，上帝会保佑你的。"

天鹏买了一束鲜花，有个漂亮的女孩对天鹏说："大哥，能否送我一枝红玫瑰？我忘记带钱了。"天鹏把怀里的一束花塞进女孩的手里，笑着说："给。""大哥，这，这……"女孩极不好意思。天鹏笑着说："谁叫你长得这么漂亮呢?"

　　天鹏把车开得飞快,见有个老人躺在地上,忙停了车,同一个路人把老人抱上车。天鹏的车风驰电掣往医院赶。在十字路口等绿灯时,路人对天鹏说:"他死了。"天鹏说:"先到医院再说,万一医生能救活呢?"

　　天鹏为超前面一辆小车,车拐到左车道上,迎面来了辆大卡车,两辆车嘭地一声撞在一起了。

　　天鹏死了。

　　"我还不明白,难道我这样做了,就该进天堂?要知道我救的是一个已死了的老人,毫无意义。"天鹏对上帝说。

　　"对,你如果这样做了,就会升天堂。你开初拒绝那个年轻人的求援,还骂了他。那个年轻人对生活失去了信心,自杀了,而他乡下的母亲听到这消息时,心脏病发作,也死了。那年轻人的父亲将过着孤苦伶仃的日子。开初你如果像这次给了那年轻人钱,他会自杀吗?他不自杀,他的母亲会死吗?还有,那女孩因误会了她男朋友,她男朋友很痛苦地喝酒。女孩本想买枝花送给男朋友,以示歉意。后来,她男朋友喝醉了酒,用酒瓶把一个人砸成重伤,他将被判两年徒刑。男孩的父母及亲戚好友都将过得极不快乐。如果你上回像这回送了一束花给她……"

　　"好吧,我服。原来地狱离天堂这么近,就一步之遥。唉,我明白得太晚了。"

　　两个魔鬼走过来拉着天鹏进了地狱。

山那边

胖胖家的门前是山，门后还是山。胖胖的家被大山裹了个严严实实。胖胖问旺旺："山那边是啥？"

旺旺是胖胖的孪生哥哥，旺旺也没走出过大山。旺旺说："山那边仍是山。"

胖胖又问："山那边的那边呢？"

旺旺说："山那边的那边还是山。"

"山那边的那边的那边呢？"

"是山是山还是山。"

胖胖没再问，爬上山顶，又爬上一棵树，看到的仍是层层叠叠的山。但胖胖不信，山那边的那边绝对不是山。

胖胖的想象很快得到了印证。隔壁邻居阳阳得了肺炎，去了县城医院，回家后，胖胖缠着阳阳讲山那边的事。阳阳说："翻过一座又一座山，到底翻了多少座，我也没数。后来到了城里，那里的楼好高好高，站在地上看不到屋顶。那路又宽又干净……"

"比我们家里还干净？"胖胖忍不住插话问。

"嗤，"阳阳冷笑一声，"比我们家里不知要干净多少倍。跟你说吧，那地比我们睡的床都要干净。"

阳阳的冷笑让胖胖很没面子。胖胖心里说，有啥了不起的，不就是去了一趟城里？去趟城里摆啥？我也会去。胖胖想走，脚却被啥东西绑住一样，挪不开步。

"你猜路上最多的是啥？是数不清的人，是各种各样颜色的汽车，红的白的蓝的黄的。那车也有大有小，大的有我们房子一样大；小的像个乌龟壳。我还去看了火车，那火车才叫长，站在车头上看不到车尾。那火车是由几十座铁房子连在一起的，每座房子里都有 100 多人。你知道火车怎么叫的，呜——呜——我也学不像……"

胖胖心里说，我也要得次肺炎，也要去城里医院治病。胖胖问阳阳："肺炎是怎么得的?"

阳阳说："先是冷到了，发烧，烧了三四天就得了肺炎。"

晚上睡觉时，胖胖故意把被子掀到一边。片刻，胖胖冷得瑟瑟发抖，缩成一团。但胖胖还是忍着不盖被子。下半夜，胖胖不停地打喷嚏，还流鼻涕，还发烧，脸颊烧得通红通红的。天亮后，母亲要带胖胖去看赤脚医生，胖胖不去。胖胖说，妈，我这病不要紧，明天就会好。

第二天，胖胖病得更厉害了。喷嚏一个接一个打，嘴唇因高烧裂开了，太阳穴火一样烫。胖胖担心母亲带他去村诊所，担心赤脚医生会治好他的病，那他就去不成县城，便装着没事一样。尽管嘴里一点味也没有，但胖胖硬撑着吃了平时一样多的饭，而且对母亲说，今天比昨天好多了。

第三天，胖胖又硬撑了一天。

第四天，胖胖起不了床，身子软绵绵的，连翻身的力气都没有。喉咙口也似堵着一口浓痰，呼吸时，喉下嘎嘎地响。母亲慌了，忙背胖胖去村里的诊所。

赤脚医生一量体温，高烧 40 度，又看胖胖的咽喉，摸胖胖的脉搏，然后说："快，快去县医院。要不来不及了。"

胖胖笑了："我要上城里了，我……"胖胖的声音极微弱。胖胖后面想说的话谁也听不清，只看见胖胖的嘴唇微微地动着。

母亲听了赤脚医生的话，哭起来："胖胖，胖胖，你千万别有事，老天爷可要保佑我们苦命人……"

父亲在独轮车上放上被子，让胖胖睡在被子里，然后推着车上路了。胖胖似听到母亲在很远很远的地方哭，还有独轮车发出"吱呀""吱呀"的响声。马上就到城里了，马上就看见望不到顶的楼房了，还有比床还干净的马路，还有数不清的人，还有各种颜色的汽车，还有……

到了医院，医生说要住院，要先交3000元押金。胖胖的父亲身上只带了一千块钱。医生开初不肯办住院手续，后来胖胖的父亲朝医生跪下了，并说连夜就回村里借钱，明天就送来。医生才让胖胖住院了。

胖胖的父亲立即往家赶。这时已晚上九点了。胖胖的父亲一天没吃东西，又推着独轮车走了一天的山路，又饿又疲惫，心里又急又担心。偏偏这时又下雨了，天也更黑了，胖胖的父亲也看不清路，只凭感觉走，像瞎子一样慢慢地走……

胖胖第二天醒来了。母亲号啕大哭，胖胖问："妈，你哭啥？我这不是好了？"母亲一把把胖胖搂在怀里，哭着说："你今后没父亲了，他，他掉进了山崖……"母亲再也说不下去了，只一个劲哭。

胖胖傻了，许久才嚎哭起来："爹……"

后来胖胖也不知道自己怎么回到家的。

父亲去世了，家里更穷了，胖胖和旺旺都没钱上学。旺旺总怪胖胖："要不是你，爹也不会死。爹没死，我们就可上学，甚至考上大学，走出大山，看山那边的世界。"

胖胖不出声，望前面的山，久久地望，痴痴地望，望着山那边的山那边……

红书包

一个小女孩在翻垃圾桶。

他注意小女孩已很久，小女孩也觉察到了，咧开嘴朝他笑，他也对她笑。

小女孩继续在垃圾桶里翻着。

他走上前，笑着说："玲玲，想不想念书？"

小女孩说："我不是玲玲。"

"你是玲玲。在我心里你就是玲玲。"

小女孩不出声了。

"想不想念书？"他又问。

小女孩点点头："想。"声音很小。

他拎起女孩装破烂的蛇皮袋就走，小女孩在后面跟着。

他开了门，进去了。她站在门口，立在那儿。

"进来呀。"他说。

她仍怯怯地立在那儿。他拉她，她才进了屋。

小女孩一抬头，看到一张八仙桌上摆着一个相框，相框上蒙了一长条黑布。相框里是一张小女孩的照片。相框前还摆着一只红书包，是那种深红，火一样的红。

相框里的小女孩朝她笑，她也笑。

"她漂亮吗?"他问她。

"漂亮。她就是玲玲？是你女儿?"

他摸了一下她的头说："你真聪明。"

"这书包也是她的吗?"

"是，当然是。"

"你买的?"

"不。"他摇摇头，"她自己买的。那时的我不是人……"

那时的他好赌，家里的钱全被他赌光了，还四处找亲朋好友借钱。老婆数次跪下求他别赌，但他永远坚信下一回能赢，因而老婆是白跪了。

七岁的玲玲想念书，他口袋里却掏不出一分钱。他说："你自己赚钱买书包。"

玲玲便拎着一个蛇皮袋捡垃圾。

一个星期后，玲玲用捡破烂的钱买了一个红书包。

玲玲仍去捡破烂，她知道父亲没钱给她交学费，她要自己挣学费。

开学前的那天，玲玲喝了碗稀饭，又拎着蛇皮袋出去了。母亲要玲玲别出去，说报名的钱已有了。玲玲说："我还想挣买笔买本子的钱，我还想在爸爸生日那天，给爸爸买把剃须刀……"

玲玲这一走再没回来了。

玲玲捡破烂时，被一辆轿车撞得飞出几丈远。

他老婆跑了。

他再没赌了。

他拿玲玲用生命换来的几万块钱办了一个玲玲书包厂……

小女孩一脸的泪水。

他也一脸的泪水："玲玲，你能原谅爸爸吗?"

"嗯。"小女孩点点头。

他把小女孩搂进怀里，抹起她脸上的泪水："爸爸明天就送你上学。这儿今后就是你的家。"他又拿起那红书包，给小女孩背上："喜欢这红书包吗?"

小女孩把书包紧紧抱在怀里。

第二天，他又拿了个红书包，放在玲玲的相框前。

几天后，他又带了一个捡破烂的小女孩进屋。他给小女孩讲玲玲的故事。然后拿起那个红书包，给小女孩背上。

……

后来，他家里住了12个玲玲。他为了区分，叫玲玲一，玲玲二……十二个玲玲穿一模一样的衣服，背一模一样的红书包。他们一起上学，一起回家。

这成了城里一道亮丽的风景。

玲玲的故事也上了报纸，上了电视。玲玲成了家喻户晓的人物。背"玲玲"牌红书包的学生也越来越多了。他家里的玲玲也越来越多了。

我也想去天堂

一

　　"妈妈，旺旺好想好想爸爸。"旺旺的泪水一滴一滴地落在怀里的玩具狗上。这玩具狗会汪汪地叫，还能在地上蹦跳。这玩具狗是爸爸三年前送他的生日礼物。妈妈把旺旺搂进怀里，替旺旺拭泪。"旺旺乖，不哭。爸爸不喜欢你哭，爸爸喜欢你笑……"妈妈的声音堵在喉咙口，吐不出来了，泪水也淌下来了，"妈妈也好想好想你爸爸……"

　　"爸爸，旺旺好想你，好想你抱旺旺，好想你同旺旺一起玩……今天旺旺五岁了，爸爸也不送旺旺生日礼物……爸爸不要旺旺了?"旺旺说着索性号啕大哭起来。

　　"旺旺，爸爸极爱你，他怎么会不要你? 可爸爸在天堂里……"

　　"爸爸可以从天堂里下来呀。"

　　妈妈不知怎么回答旺旺的话，许久才说："爸爸下不来。"

　　"妈妈骗人，旺旺知道爸爸能上天堂，就能从天堂里下来。"

　　妈妈抚着旺旺的头说："妈妈不会骗旺旺，爸爸永远待在天堂里，永远也不能从天堂里下来了。"

　　"那旺旺永远也见不到爸爸? 不，旺旺就要见爸爸，旺旺要爸爸……

旺旺要去天堂里见爸爸。"

妈妈的身子抖了一下，把旺旺紧紧地抱在怀里，"不，不，旺旺不去天堂。你若去了天堂，妈妈就见不到旺旺。"

"妈妈可以去天堂见旺旺呀。"

二

旺旺家的门前有条河。河叫玉带河。旺旺趁妈妈午睡时，偷偷地出了门。旺旺坐在河边的草地上，大人一样望着河水发呆。旺旺知道他爸爸就是跳进这河里，救了一个像他这样大的小孩才去了天堂的。

妈妈也对旺旺说过，并不是所有的人都能去天堂，只有好人才能去天堂。

旺旺想，我怎样才能去天堂呢？要这时有个人掉进了河里那多好，那我也去救他，那我也能去天堂。去了天堂，我就能见到爸了。

但旺旺等了许久，也没有人掉进河里。

旺旺不灰心，还在等。

三

旺旺的妈妈被一阵电话铃声吵醒了。"喂，谁呀？""小梅，我是杨阳……"杨阳是小梅的同事。小梅没结婚时，杨阳一直追小梅。小梅结婚了，杨阳才死了心。杨阳现在追小梅追得更紧。小梅说："你去问旺旺，他要你做他爸爸就行。"杨阳一有时间就同旺旺一起玩。但杨阳问旺旺想不想他做爸爸，旺旺总摇头。旺旺说："我若要你做我爸爸，我天堂里的爸爸会不喜欢我。"

"小梅，旺旺在家吗？我这就过去，我给他买了一只电子狗，比他现在玩的那只玩具狗要好玩多了……"

小梅说："你来吧。"

四

一只小狗朝旺旺跑来。小狗白色的毛脏兮兮的。旺旺把手里的玩具狗拧紧了发条放在地上。玩具狗在地上不停地蹦跳，还汪汪地叫。小狗朝地上的玩具狗汪汪地叫。

旺旺趁小狗不注意，抱起小狗，朝河里扔了。小狗在河里汪汪地凄叫。旺旺脱了衣服，旺旺不想他湿了衣服而挨妈妈的打。旺旺对小狗说："你别哭，旺旺就来救你。旺旺救了你就能去天堂，旺旺就能见到天堂里的爸爸了。"旺旺脱了个精光，才跳进河里。旺旺一跳进河里，就往下沉，河水不断地灌进他嘴里、鼻子里。旺旺想，我要救小狗……我马上到天堂了，爸爸，你在哪儿？……

"旺旺，旺旺！"妈妈四处找旺旺。妈妈的声音里夹着哭腔，"旺旺，旺旺，你在哪儿呀？你可千万别吓妈妈，妈妈再经不起折腾……旺旺，旺旺！"

一支派克钢笔

刘小冬一进门，就见客厅里坐着一位胡子拉碴的男人，男人很拘谨，半个屁股坐在沙发上。男人见了刘小冬，忙站起来笑着说："小弟弟，放学了？"刘小冬"嗯"一声算是应了。刘小冬猜这男人准是求父亲办事的，沙发旁边一个鼓囊囊的包就是最好的证明。

那人告辞下楼时，刘小冬也跟着下楼了。

刘小冬对那人说："哎，你如送我一支派克笔，那我就求爸帮你办事，但你送我钢笔得瞒着我爸。"那人很爽快地应："行，明天我就把笔送你。"刘小冬高兴得直跳："谢谢你！"

第二天，那人就把钢笔偷偷地给了刘小冬。

刘小冬问："你求我爸办啥事？""我原来烧锅炉，烧锅炉三班倒，尽管有点累，但工资多。可现在我女人病瘫在床，我想当司机，当司机空闲时间多一点，那我好照顾我女人，好照顾我这个家。"刘小冬拍着胸膛应允下来："没问题，这事包在我身上。""那就太谢谢你了。"那人堆起一脸讨好的笑，对刘小冬又是点头又是哈腰。

吃晚饭时，刘小冬对他爸说："爸，我求你办件事。""什么事？"刘小冬说："昨天，那个人想换工种，你就替他办了吧？那人的儿子是我班上的班长，且还是学生会主席。我如想在学校里入党，得靠他帮着说好话。"

"行。"

想到明天胡小玲见到这支派克钢笔的高兴劲，刘小冬就激动得睡不着，躺在床上辗转反侧。胡小玲在他那个学校里是公认的校花，刘小冬等许多男同学围着胡小玲献殷勤，可胡小玲对他们不热不冷的，看不出她对谁好。刘小冬为早日得到胡小玲的芳心，便今天送胡小玲一束玫瑰，明天给胡小玲写一封情信，胡小玲却一点也不心动。正当刘小冬束手无策时，校园的橱窗里贴出校报，胡小玲在校报上有一篇《我想有支派克钢笔》的散文。刘小冬的眼前一亮：对，就送支派克钢笔给她。刘小冬向父亲要钱买派克钢笔时，父亲拒绝了："要支派克钢笔？300多块钱，顶我半个月的工资。你要那个排场干吗？你看我都用普通的钢笔。"想不到现在，这钢笔得来全不费工夫。

第二天，当刘小冬掏出派克钢笔送给胡小玲时，胡小玲一脸的惊愕："你这笔哪来的？是不是人送的？"刘小冬点点头说："你咋知道是别人送我的？""那人是不是想求你爸换个工种？""对呀，你怎么知道得那么清楚？好像那人就是你爸。""他就是我爸！他为了给你买这支派克钢笔，昨天一早就到医院里卖血。"胡小玲一脸的泪水。竟然这么巧，刘小冬懵了，许久才说："要不，你把这笔退还给商店。"胡小玲摇摇头说："这笔你一定要收下，要不我爸就当不成司机了。"刘小冬听了这话，脸上痉挛成一团："小玲，都怪我，我看了你发在我们校报上的那篇散文，就想……唉，真对不起！你别担心你爸换工种的事，我一定让我爸尽快办好。"

几天后，胡小玲的爸就当上司机了。

师范毕业的第二年，胡小玲就嫁给了刘小冬。

刘小冬教了两年书，就调到县团委。三年后，刘小冬下乡当乡长。再后，刘小冬当上副县长了。

许多人拎着鼓囊囊的包进刘小冬的家。只要见人拎着包，胡小玲就不让刘小冬开门。

有一回，刘小冬碍于情面，收了老同学的两条"芙蓉"烟，当刘小冬拿出那支派克钢笔为老同学的事签字时，手竟抖起来，派克钢笔似变得千斤重。刘小冬的眼前就浮现几个画面：一个男人捋起袖子，医生把针头插进那男人的手臂，殷红的血不断地抽进玻璃瓶，男人的脸色渐渐变得纸一样苍白。男人手里握着一叠钱走出医院大门，步子晃得厉害，像随时要摔倒。男人的泪水一滴滴掉在手里的派克钢笔上。刘小冬长长地叹口气，拿起电话筒，拨了几个号码，说："老同学吗？真对不起，你的事，我不能办。"

后来，当刘小冬要签不该签的字时，握在手里的派克钢笔就沉得似有千斤重，刘小冬的眼前就出现那几个画面，就一个字也写不下去了。

再后，当县里的几位领导干部都因贪污受贿而身陷囹圄时，刘小冬对胡小玲说："我真感谢你，如不是你要我签字时就拿这支派克钢笔签，那我也不会这么清白的。"

亲吻一棵树

那年高考，我以几分之差与大学擦肩而过。我对母亲说："娘，我想重读一年。"母亲叹口气说："钱呢？"母亲说的是实话，年初为治父亲的病，为办父亲的丧事，不但花光了家里所有的积蓄，而且还欠了一屁股债。

离开学的日期越来越近，我每天晚上都睡不踏实，还总做噩梦。梦醒后，我睁着噙满泪水的眼，心里喊着：我要读书，我要读书啊！

为了读书，我铤而走险了。

晚上十一点钟，村里人都酣睡着。我开了门，潜入邻居的牛栏，牵着牛绳就出了门。此时，一只狗朝我凶凶地叫，我叱一声，不死的狗，连我也不认得了。狗不再叫，我牵着牛就出了村。我想把牛牵到邻乡的牛市去卖。我估摸这头水牛可以卖八九百块钱，那我一年的学费就有了。待我大学毕业后，我加倍还钱给邻居就是。

翻过两座山，就到邻乡了。可山路极难走，山路很窄，路旁边是半人高的茅草。月光很暗，我又没有电筒，因而走得很慢。

但我还是掉下山崖了。一块石头绊了我一下，摔倒了，茅草极滑，耳边的风呼呼地叫。我大声喊："救命呀，救命呀。"喊了两句，我就什么也不知道了。

醒来后，我竟然睡在床上。被单上有股女孩身上的香味，屋是座茅屋。我喊："有人吗？"屋里没人。天刚亮，我有点渴，想找水喝，一动，腿却钻心地痛。腿上敷着草药，绑着绷带，谁救了我呢？

这时，门"吱呀"一声开了，进来一个姑娘。我说："感谢您救了我。"女孩说："没啥谢的，你该谢那头水牛。水牛不停地'哞哞'地叫，把我吵醒了，我循着牛叫声寻去""那——那头牛呢？""我给你送回去啦。牛认得路，我让它在前面走，我在后头跟，牛进了你的村，我就回来了。""真的谢谢你。"我的泪水竟然掉下来了。女孩说："饿了吧？我给你下碗面条。"女孩忙开了，烧水、切葱花、下面条。片刻，屋里弥漫着一股浓馨的香味，女孩端着一碗面条递给我，说："吃吧。"

天已大亮了，我这才看清了女孩的面容，女孩眉眼清秀。女孩见我盯着她看，红了脸，低下头吃面条。"你一个人住在这？"我无话找话，"你叫啥名字？""嗯，我爹去城里卖药材去了。我叫玲子。"我的面条里还卧着三个鸡蛋，玲子的碗里却没有。我要匀一只给她，可她一躲，鸡蛋掉在地上了。玲子生气地说："叫你吃你就吃，我最讨厌客气的人。"玲子捡起鸡蛋，在瓢里洗了洗，又放进我碗里了。

第二天，我要回家，我不好意思给玲子再添麻烦。玲子说："你这样能回家？你的腿不治好，就会留下后遗症，今后走路永远一拐一拐的。我给你每天敷一次草药，一个星期后，你的腿就会没事了。"一回，玲子给我敷好草药说："有句话不知该不该问？"玲子见我点点头，问："你为啥要偷邻居的牛呢？"我感觉脸上像被人抢了几个耳光，火辣辣地痛，耳畔也似有千万只蜜蜂嘤嘤嗡嗡地叫，眼前的啥东西都变成双份。我羞愧得无地自容，真想立马在她面前消失。"啊，对不起，我不该问。只是这两天晚上你都在大喊大叫的，说不该偷牛。我以为你讲出来好受些……"我的泪水一滴一滴地淌下来，"都怪我家穷……"

我讲完了，玲子也一脸的泪。玲子说："我想帮你，我有 800 元钱，你先拿去读书。"我不停地摇头，"不，不要，我怎能拿你的钱，我已欠你很多了。"玲子说："就当我借给你的，你今后加倍还我就是，我当把钱存进了银行。"我这才接了玲子的钱,泪水一串串地掉在手里的钱上。

一个星期后,我的腿彻底好了。

玲子转身进屋了,片刻,玲子一脸灿烂地站在我面前。我很想拥抱一下玲子,很想亲吻一下她,但我没有。我说:"瞧,这棵挺拔的松树多像你呀。"我走上前,紧紧拥抱住这棵松树,吻了吻,然后头也不回地走了。玲子听懂了我的话,在身后喊:"你上大学前一定要来看我。"

一年后,我怀揣着大学通知书来看玲子了。玲子不在,屋里只有一个中年男人,我问:"大伯,玲子呢?""在那里。"他指了指我去年亲吻过的那棵松树下的坟包说。我的腿一软,双腿一下抽了筋骨一样要瘫倒。我忙抱住松树,满是泪水的脸紧贴在松树上,哽咽着:"玲子,我来看你了……"从玲子父亲嘴里知道,玲子得了白血病,临终前留下遗言,说她走后要埋在我拥抱亲吻过的松树下。

糖纸钱

　　胖胖的娘长得俊，眼黑亮得似两泓清澈的泉水。胖胖的娘一走路，一条长至腰际的麻花黑辫，就一摇一晃，腰肢也一扭一扭的，丰满的胸脯也一耸一耸的。可她的男人没福气，做了短命鬼。村里的男人都想当胖胖的爹。

　　媒人就把胖胖家的门敲破了。胆子大的男人，不请媒人，直接跟胖胖的娘说。

　　胖胖的娘红了脸，两只手不停摆着辫梢。这害羞样更让男人心怜，男人眼里的情意更浓了，话也更甜了："嫁给我吧，我会疼你……"

　　胖胖的娘摇头。

　　没男人的日子难熬。挑水担粪、耕田耙地等力气活全得靠一个人，忙累得想分身。累了，想靠一下都没地方靠。

　　胖胖的娘怕胖胖受委屈，说，谁作胖胖的爹，让胖胖自己选择。

　　许多男人讨好胖胖。买好吃的东西给胖胖吃，买玩具给胖胖玩，这些东西，胖胖好想要，特别是那些糖块，馋得胖胖不停流口水，胖胖却不敢要，男人问："为啥不要？"

　　胖胖说："我娘说我不能随便要别人的东西。"

　　许多男人无计可施，便打别的女人的主意去了。

......

胖胖喜欢在村头拐子的百货店玩。拐子养了只小狗，小狗同胖胖熟了，就总围着胖胖转。

拐子几次拿冰糖、饼干给胖胖吃，胖胖总不敢接。胖胖怕挨娘的骂。

一回，拐子又拿冰糖给胖胖吃。胖胖不接。拐子说："你拿钱买总行吧。"胖胖说："我没钱。"拐子说："你袋里有钱。"胖胖就从袋里掏出两张糖纸："这是钱？"拐子说："不是钱是啥？"

胖胖好高兴，就拿两张糖纸换了一块冰糖。胖胖吃得津津有味。胖胖一馋，就去捡糖纸，可农村娃吃糖少，因而糖纸难捡。胖胖馋得不行，就去镇里捡糖纸，好在镇上离家近。

胖胖捡到了糖纸，就买好吃的。

胖胖吃东西时，拐子一脸幸福，好像自己吃好吃的东西。

村里的男人见胖胖同拐子相处得那么好，都笑："拐子，胖胖快叫你爹了。"

拐子变了脸："别乱嚼舌头。左邻右舍，谁个没难处，帮点忙，不该吗？"

男人们听不进拐子的豪言壮语，都哈哈地哄笑。

一回胖胖的娘病了。胖胖说："娘，我去请医生来。"

胖胖的娘眼里汪着泪，说："甭去，要花钱的。"

胖胖说："我有好多钱。"

"你哪来的钱？"

胖胖就从口袋掏出十几张叠得好好的糖纸："娘，这些钱如不够，我再去捡。"

"孩子，那是糖纸，不是钱。"

"不，娘哄我。我总是用这钱买拐子叔的东西吃。"

"啥？"

胖胖娘听胖胖讲了一切，蓄在眼里的泪就掉下来了。胖胖娘挣扎着下了床，拉着胖胖去了拐子的店，对胖胖说："叫爹。"

胖胖高兴地叫："爹。"

拐子说："使不得，真使不得……我拿东西给胖胖吃，真的没存这种意思。我只是见胖胖可怜，人家有爹的孩子多少都有点零食吃，可我从没见胖胖吃过零食，我就……"

胖胖娘说："你讨厌我?"

"咋，咋这样说呢?……"拐子窘得脚都没处放。

此时，传来一阵欢欢悦悦的爆竹声，一阵喜气洋洋的唢呐声。"哦，又有人办喜事了。"

红木手链

  胡岩时时望着挂在墙上的红木手链发呆。

  红木手链是胡岩送给姜敏的,胡岩亲手做的。他用砂纸把一块块红木磨圆,然后涂上了红漆,再拿红线串好。那时姜敏见到红木手链,一脸的惊喜:"真漂亮,哪儿买的?"胡岩说:"我自己做的,每只珠上还刻着你的名字呢。""哇,你真了不起!"姜敏说着在胡岩的脸上亲了一口。

  后来姜敏催胡岩结婚。胡岩才22岁,不想结那么早的婚。另外,他觉得男人应先立业,再结婚。可胡岩连工作都没有,今后怎么养家糊口?他想过几年再同姜敏结婚。姜敏却以为胡岩不想同自己结婚,只是同自己玩玩。

  一天早晨,胡岩一开门,门环上竟挂着红木手链。胡岩什么都明白了,去姜敏打工的工厂去找她,工友说:"姜敏辞职了,听说去了省城。"

  胡岩也来到省城,天天在大街小巷上转,希望姜敏突然出现在人群里。一天天过去了,胡岩连姜敏的影子也没见到。胡岩只有进了一家搬运公司当搬运工。

  几年后,胡岩开了家杂货店。胡岩把红木手链挂在墙上,顾客一进来就会见到红木手链。胡岩希望姜敏走进他店里,那她第一眼就能见到红木手链,那她准会原谅他的。他要再一次把红木手链戴在姜敏的手上。

姜敏却一直没来。

但胡岩相信，总有一天，姜敏会走进他这个店的。

有的顾客见到红木手链，以为是卖的，问多少钱。胡岩说不卖。有一个顾客出一千块钱想买红木手链，胡岩说："你出一万，我都不卖。"

最喜欢红木手链的人还是一个叫阿勇的少年。阿勇无家可归，只在街上流浪。据阿勇说，他生下来几个月后，就被父母扔了。后被一对没有生育的人收养了。只是前两年，阿勇的养父母生了个儿子，养父母不肯再收养阿勇了。阿勇只有流浪了。

胡岩同阿勇有缘，一见阿勇就喜欢上了。阿勇对胡岩也极亲，总叔叔上叔叔下的，叫得极自然，好像阿勇是胡岩的亲叔叔。阿勇吃住在店里，帮着胡岩进货、卖货。

阿勇很喜欢红木手链，总说："这红木手链真漂亮啊！"有一回，阿勇取下红木手链，偷偷地戴在手上。胡岩见了，发了火，大骂阿勇。阿勇流着泪走了。胡岩便后悔。胡岩在街上找到阿勇时，赔不是："叔叔上回对你太凶了，真对不起。你还是回店里吧。"胡岩给阿勇讲了红木手链的故事："……我想她见过了红木手链，一定会原谅我的。"胡岩讲完，已是满脸的泪水。

阿勇此后再没敢动红木手链了。

又过去了几年，阿勇也成了小伙子了。阿勇想去南方打工，胡岩舍不得阿勇走。阿勇说："叔叔，我也不想离开你。这些年来，你像亲生父亲一样照顾我。要不是你，我至今还要流落街头，或许早变坏了。其实，我心里一直把你当做我的父亲。"胡岩说："我心里也一直把你当做儿子。要不，我就当你父亲吧。"阿勇喊了一声："爸！"泪水夺眶而出。

阿勇出门时，胡岩取下墙上的红木手链说："这个你戴上。"阿勇不肯戴："爸，你自己留着。"胡岩在阿勇脸上轻轻拍了一下："傻儿子，我是让你戴着这红木手链去找你阿姨。她可能没在这城市。如果她见了你手上的手链，一定会问手链的来历，那我就可以找到她了。"阿勇这才戴上了红木手链。

阿勇到了广州，进了一家酒店当保安。别人不想上夜班，可阿勇想上夜班。阿勇一到上白天班，就和别人换夜班。阿勇白天戴着红木手链在大街小巷走。阿勇的衣袖总绾得很高，这样红木手链就很显眼。阿勇希望有个中年女人盯着他的手链看，但没有，一直没有人注意阿勇手上的手链。

　　一天，阿勇正在街上转时，忽然旁边一女人大喊："抢包呀！抢包呀！"阿勇朝歹徒猛追，歹徒却拔出刀子。阿勇的手上挨了一刀，血涌了出来。两个巡警过来了，把歹徒制服了。

　　女人打的送阿勇上医院。阿勇对女人说："一点皮肉伤，没事的。简单包一下就好了。"在车上，女人拿餐巾纸给阿勇擦手腕上的血，见到阿勇手腕上的红木手链，眼睛亮了："能拿给我看看吗？"女人的声音都抖了。阿勇说："你准是姜敏阿姨。"女人把红木手链拿在手上一看，每只红木珠上都刻着"姜敏"两个字。姜敏的手也抖了："他，他还好吗？"

　　阿勇对姜敏讲起了他和胡岩的故事："……我父亲是极善良的人。他若不善良也不会收留我。"

　　几天后，姜敏同阿勇来到胡岩的杂货店。

　　胡岩见了姜敏，许久说不出话来，几万个日日夜夜的思念化成泪水汹涌而下。胡岩也不去拭，任泪水肆虐地在脸上淌。姜敏先开了口："你好吗？""好，好，你呢？"姜敏却号啕大哭起来："我对不起你，我把我们的儿子弄丢了……"

　　姜敏告诉胡岩，她发现自己怀孕了，可胡岩又不想结婚。姜敏只有很快地嫁给了一个正在追她的人，她想把孩子生下来。她生了个儿子。一回儿子生病，医生要抽血，血型却不对。她只有承认了儿子不是他的。他便把儿子丢在路边上。她同他离了婚。

　　胡岩听了，心痛得针扎样："真对不起你，让你受这么多的苦……"

　　胡岩同姜敏很快结了婚。

　　中秋节这天，胡岩给阿勇敬酒："儿子，祝你生日快乐。"姜敏说："我们的儿子也是中秋节那天出生的。"姜敏又问阿勇："你今年多大了？"阿勇说："21。"姜敏的声音颤抖起来："你的脚掌心里有颗红痣？"阿勇道："有……"

阿勇脱了鞋袜，伸出脚给胡岩和姜敏看，阿勇的脚心里真的有颗红痣。"你的肚脐眼下有块黑色胎记？"阿勇解了皮带，肚脐眼下真有块黑色胎记。

"你真的是我们的儿子。"三人抱在一起，激动得哭起来。

胡岩端起酒杯："儿子，我再敬你一杯，这杯酒是感谢你把你娘找回来了。"阿勇笑了："爸，你该感谢你自己的善良。你不善良就不会收养我，那我也就找不到我妈，没找回我妈也不知道我是你们的亲生儿子。当然，要不是这红木手链，也找不到我妈的。"胡岩说："那，那我就感谢这红木手链，是红木手链让我们一家团圆了。来，我们为红木手链干杯。"三个酒杯重重地碰在了一起，杯里的酒全溅了出来。

家

　　七根扛着铁锹出门时，邻居的狗朝他"汪汪"地叫。七根故意咳了两声，狗认出了七根，便不叫了。七根走到村口时，四处张望，他既希望见到荷花又怕见到荷花。几个晚上，荷花都陪着他，七根让她回家，她不听。昨天晚上她着了凉，不停地咳嗽，七根发了火，凶了她，说她明晚再来，他就不理她。七根没有见到荷花，叹了口气，自语起来，不来更好，省得挨寒受冻。

　　七根走了一段路，忽听到身后传来"咳儿咳儿"的咳嗽声，七根站住了："你咋又来了？"荷花走到七根跟前，七根抓住荷花冰凉的手往自己的胸脯上放。荷花抽回自己的手，她不想冷着七根。七根又抓住荷花的手："瞧我热得冒汗呢？"荷花又抽回自己的手："别逞强了，你以为你还是30年前的你！"七根牵着荷花的手，往前走。

　　"我昨晚不是叫你不要来吗？咋不听？"路变得窄了，七根让荷花走在前面，把手电筒也给了荷花，叮嘱道："你要看清脚下，别摔下崖了。"荷花不出声，七根又说，你还没回我的话呢。

　　荷花又咳了一声，说："我如不陪你，我一晚也睡不着。陪着你，心里踏实些。夜长，有我陪你说话，也好熬些。再说，我也想为我们的房子添几块砖、加几块瓦。"

此时，树丛里一只猫头鹰突然"滴溜溜"地叫起来，叫声极其恐怖。荷花吓得"啊"一声。七根上前拥住荷花，拍着荷花的肩说："别怕，别怕，有我呢。"

荷花说："好啦，我们走吧。"

到了一个山坡前，七根说："到家了。"

七根和荷花的家建在一个山坡上。"门"朝南，正对着一望无际的鄱阳湖。七根和荷花已花了十几个晚上建他们的家。做石匠的七根先拿锹在山坡上挖出一个两米长、一米五宽、一米五深的坑，然后在坑的四周和底部都拿红砖砌了，再在红砖上抹了一层水泥。顶部放了十几根两米长的松树，松树上放上枝叶，枝叶上压了一层草皮，地上铺了一层厚厚的稻草。

荷花说："我们的家真好看。我现在就想住进去。"

"再等一天吧。"七根说，"我还要在我们的家门前栽两棵樟树，你怕热，今后在樟树下睡觉就不热了。"

"你想得真周到。"

"要不，你心里咋一辈子只装着我？"七根的语气满是自豪与兴奋。

七根在他们家门前挖了两个坑，又在山上找来两棵一米多高的樟树苗，然后把樟树苗放进坑里，荷花扶住树苗，七根往坑里填土。

"七根，前些天铁锁打你时，我真想告诉铁锁，你是他亲爹。"

前些天，七根去了荷花家。七根对铁锁说，我和你娘好了四十年，我们想在一起过日子……七根的话还没说完，铁锁就对七根拳打脚踢的，还骂一些老不要脸等极难听的话，如不是荷花扑在七根身上，铁锁还不会住手。

"还是不告诉他的好。"

"可对你太不公平。"

"唉，不说了。"七根拿着一块青石板在洞口前一比，觉得大了，便用凿子凿掉多余的部分。

两人忙到月亮西斜了，才回去。

第二天晚上，七根和荷花又在村头见面了。两人都把以前舍不得穿的衣服穿上了。来到家门前，七根先爬进去了，然后荷花爬进来了。七根拿着石板放在洞口上，七根说："荷花，你后悔还来得及，我要关门啦。"

荷花说："关吧。"

七根就往青石板的四周抹水泥。七根抹完水泥，抱着荷花躺在稻草上。七根说："真对不起你，连口……"七根想说的"连口棺材也不能给你"这句话在喉咙口打了个转，又咽回肚里去了。其实七根早为他和荷花置了一口上等的柏木棺材。荷花早向七根说过，她死后要同七根睡在一个棺材里。可好赌的儿子把七根的棺材作两千块钱输给了别人。

荷花知道七根想说啥，便说："该说对不起你的是我……都怪我三十年前……"

"别说这些不开心的事。现在我们终于在一起了，谁也不能把我们分开。"

"是啊，再也没人能把我们分开……现在我们总算有自己的家了……"荷花哽咽得说不下去了。

"别哭了，一切过去了……我要睡了……"

"……我也要睡了……我们的家真舒服……"

过　门

　　日头已爬上窗了，可木子还在睡觉。木子的娘用劲推木子："懒鬼，还不起床？"木子嘟哝着："让我多睡会儿。"娘就扯木子的耳朵："待会儿，梅梅就来过门。到时见你还睡在床上，不吓跑才怪。"木子心里说："吓跑了更好。"可木子不敢说出嘴，怕惹娘生气。木子磨磨蹭蹭地起了床。木子洗漱后，娘说："你快把你房间整理一下。"木子说："有啥整理的？"娘说："被子该叠叠，房里的书乱七八糟的，该放好。"

　　木子进了房，坐在床上发愣。按理今天是他的大喜日子，该高兴才是。可木子脸上没点喜气。他见过梅梅，没有脸热心跳的感觉。梅梅太普通了。木子心里的女人绝不是这样子的，木子就不同意。娘对木子一顿好训："梅梅看上你是你的福气，你以为自己有啥了不起，你整天写那些狗屁小说有屁用！既当不得衣服穿又当不得饭吃，你该拿镜子照照自己……"凭娘怎么说，木子就是提不起情绪。今天梅梅来家过门。一过完门，梅梅就可以说是他女人了。在鄱阳湖这一带有过门的风俗。过门指女方第一次进男方家的门。过门时，男方要给女方一笔过门费。女方对男方家人的称呼全得在过门时改口。女方以前叫男方父亲为姨父，叫男方母亲为姨娘，过门时得改口叫公公、婆婆。过完门，女方就是男方家的人了。

　　木子正胡思乱想时，娘叫他："木子，梅梅来了，快拿爆竹来放。"木子就燃了爆竹。噼里啪啦的爆竹声引来许多看梅梅的村里人。梅梅就笑吟吟地给男人敬烟，给小孩和女人撒糖。木子很烦这些礼节，又躲进房里去了。娘随后进来了，说："木子，娘求求你了，今天高兴点，别让梅梅生气。娘不会看错眼，梅梅是个好女人，你找上她，不会亏。"娘说这些话时眼里有了泪，木子的心里就酸酸的。木子跟娘出了门。

吃面条时，梅梅见木子的娘碗里没有鸡蛋，就把自己碗里的鸡蛋往木子的娘碗里拨。娘说："你自己吃。"一躲，鸡蛋就摔在地上。梅梅忙捡起地上的鸡蛋，去盛水洗。木子的娘忙说："我来，我来。"梅梅说："娘，你歇着，我自己来。"梅梅的嘴很甜，叫"娘"叫得极亲昵。木子的娘欢欣地笑了。

吃完面条，娘就炒菜。菜在昨天就预备好了，该洗的已洗了，该切的已切了。娘炒菜时，木子坐在那里烧火。

菜很快端上桌。菜很丰盛，一张大圆桌都摆不下了。梅梅说："娘，别再弄了，弄多了吃不完。"

吃饭时，木子的娘不住地给梅梅夹菜。梅梅说："娘，我自己会夹，瞧我碗里已放不下了。"

木子的娘和木子收拾饭桌时，梅梅也帮着把没吃完的菜放进厨房里的碗柜里。木子的娘不要梅梅干，可梅梅不听。梅梅端最后一碗菜去厨房时，木子要拿抹布，也去了厨房。

木子见梅梅从盘子里夹起一条鸡腿往手里的薄膜油纸袋里放。木子惊呆了，此时梅梅也见到了木子，梅梅"啊"地一声惊叫，手里装有鸡腿的油纸袋也掉在地上。木子狠狠瞪了眼梅梅，冷冷"哼"一声，转身就走。梅梅喊："木子，别走。"木子立住了，梅梅说："木子，这事你千万别告诉娘。"梅梅的声音哽咽了："我，我太贱……我娘一辈子没吃过鸡腿，我想带回家给我娘吃。我家穷，只有过年时才杀只鸡，娘总把鸡腿夹给我和弟弟吃。我夹回给她，她还生气，我，我……"梅梅已是一脸的泪水。木子的心也痉挛地抖起来，眼也发涩。

木子捡起地上的薄膜油纸袋，又往里放兔子肉、牛肉、墨鱼，袋子装不下了，木子才递给梅梅。木子看梅梅的目光里荡着理解而温柔的笑意。两天后，木子去菜市场买了十只鸡腿去了梅梅家。

婚后，木子同梅梅很恩爱。

后来，木子写小说出了名，有许多年轻漂亮的女孩给木子写那种火一样烫的情信，可木子一点也不心动，木子心里只装着梅梅。

奇特的礼物

女人生日，该送什么礼物呢？

青山进出几家商店，也没选到中意的东西。城里的男人在妻子生日时送金项链、金戒指什么的，可乡下，还没富到那程度。那就送衣服吧！可又一想，不行，买了女人不合意的，又得挨骂。青山曾给女人买过衣服，女人不但不高兴，而且让他拿衣服去退。青山知道她还是舍不得钱。唉，只怪自己没用，不会赚钱，手里没闲钱。

后来青山看见了一担水桶。水桶是塑料的，很轻。可女人担水用的是木水桶，很沉。且破了，漏水。从井里挑担水回家，漏一路，到家只剩半桶了。塑料水桶轻，挑着轻松。

青山就买了一担塑料水桶。

青山想，若女人见了这水桶不知有多高兴。

到家时，女人正在挑水。水桶漏得愈厉害，青山笑着说："你瞧水桶里只剩一口水。你猜我给你买了啥生日礼物？"

"啥礼物？"

"你猜。"

"戒指？不可能，你没有那么多钱，即使有钱，你也舍不得。衣服？不会的，自那次你帮我买了衣服，我责怪你后，你发誓说一辈子再不会给我买衣服了。要不就是发夹、头巾什么的。"

女人猜了许久，仍没猜到。

青山就从床底下拿出两只塑料水桶，说："怎么样？这礼物喜欢吗？"青山的脸上满是笑。

可女人一见那塑料水桶，脸变得煞白，眼里也有了泪。

"这水桶难道不喜欢吗？这塑料水桶很轻，挑着轻松……"

"啊，喜欢，生日礼物，两只塑料水桶，挑不完的水……"女人语无伦次的，眼里的泪水也淌下来了。

青山急了："你干吗这样伤心？……唉，都是我不好，不该买水桶，我，我……"青山很后悔，不住地自责。

女人竟默默啜泣起来。

片刻，女人默默的啜泣变为伤心的哭泣。

后来，女人擦干泪，挑起青山买的塑料水桶去井里挑水。井离家远，塑料水桶大，装的水多，重。女人的步子就有点乱，摇摇晃晃的，扁担从左肩换到右肩，右肩换到左肩。后来女人被一块石头绊住了，摔倒了，水桶也倒在地上，水淌了一地。女人的衣服也湿了。

青山忙过去扶女人。

女人的泪水又掉下来了。

水桶没破。女人又挑起水桶去井里打水。青山说："我来吧。"青山去取女人肩上的扁担时，女人不让。哪能让男人挑水？这儿的规矩是女人挑水。男人若挑水，就表明男人懦弱，泥巴样的任女人捏。

可一担水上了肩，女人的腿又晃得厉害。

青山一把抢过女人的肩担，挑着就走。

女人说："不行，人家会笑话你的。"

"他们爱笑就让他们笑。"

青山的步子迈得又快又大。

到了家，青山对女人说："你身子那么单薄，挑水累。今后水缸的水就我挑了。这才是我送给你的生日礼物。"

"你真好！"女人的眼里晃着晶亮亮的泪。

后来，家里的水真的由青山挑了。

村里人开初鄙夷地笑。后来女人夸青山是个会疼女人的好男人。再后，村里挑水的男人越来越多了。再后，这里养成男人挑水的习惯，女人再不挑水了。

哑巴的呼喊

日头火一样悬在头顶上，扬扬觉得置身于蒸笼里，身上的汗如雨落，一件白褂子湿得能拧得出汗来。扬扬的喉咙干得冒烟，可她舍不得耽搁时间回家喝水，来回一趟，半个多时辰，可挑几担秧水呢。

扬扬在秧田里洒瓢水，地上就冒烟，秧田发出极响的嗞嗞声。蔫蔫的被晒得发黄的秧苗一下精神起来。

这干燥的秧田极费水，一担水，只浇一点地方。秧水如洒薄了，那湿湿的地面一会儿就泛白，秧苗也随着奄蔫下来，且很快发焦，卷成筒。

扬扬已挑了十几担秧水。双肩已磨破了，扁担一上肩，扬扬的肩膀火烤了样辣辣的痛。双腿也沉甸甸的，挪不开步，又虚飘飘的，踏在田埂，就像踏在弹簧上，深一脚浅一脚的。

这时，哑巴来了，递给扬扬一壶水，并接过扬扬肩上的担子。哑巴挑着满满一担水，像挑着个空担，腿都不抖一下。哑巴走路时很有力，步子迈得极快，扬扬感觉到脚下的地都颤颤地抖。扬扬望着哑巴宽厚的背影，眼里满是火辣辣的怜爱。

扬扬心疼地说：“你走慢一点，没人跟你抢。”

哑巴笑笑，仍健步如飞。哑巴笑起来很好看，露出的牙白得发亮，嘴角上的两个酒窝显得更深了，眼睛也弯弯的，显得更亮了。扬扬的心抖了一下，偷偷地一笑，又摇摇头。

日头坠进鄱阳湖里了，但仍极闷热。没有风，树叶一动也不动，不时有一群小鸟从头顶上掠过。

扬扬递过水壶，说："累了吧？歇歇。"

哑巴笑着摇摇头。

哑巴又挑了几担秧水，秧水才挑够了。

第二天傍晚，扬扬又挑秧水，哑巴接扬扬的担子时，扬扬拒绝了，哑巴打着手势问："为什么？"

扬扬说："我父母不同意我同你好。"

哑巴的脸痛得疼挛成一团。哑巴就傻傻地站在那儿。扬扬从哑巴身边过时，哑巴又抢扬扬的扁担，扬扬不给，哑巴的眼睛说："难道非要同你好才能帮你挑秧水？你挑水时，我的心好痛。"

扬扬一直噙在眼里的泪水淌下来了，扬扬说："你怎么会是哑巴呢？你若不是哑巴，我父母准同意我们好。"

哑巴的身子剧烈地抖了一下。他原来并不是哑巴，只是八岁那年，他才哑了。哑巴的眼前又浮现一副血淋淋的画面：一男人手里的刀不停地砍在一女人身上。女人的血淌了一地。男人也满身的血。男人见了身后一脸惶恐的哑巴，把血淋淋的刀架在哑巴的脖子上，恶狠狠地说："我要你今后成为哑巴，如果你今后说一句话，我就杀了你爹娘。"哑巴忙点头。哑巴从此再没说过一句话了。后来那男人死了，哑巴想说话，嘴巴动了动，却说不出一个字。

哑巴的眼也涩涩的，泪水在眼眶里悠晃着。

"我过几天就要定亲了。"

哑巴的眼里满是湿漉漉的哀求："难道没有挽救的办法？"

"我娘说，除非你能说话。"扬扬说完这话，挑着一担水走了。扬扬的步子极乱，几次要摔倒。

扬扬的喜日子定在中秋节那天。

这天，哑巴一直待在屋里，脸上的泪水干了又流，流了又干。后来，鞭炮热热闹闹响起来，锣、鼓、唢呐也跟着响了，响得极急，催新娘出门了。哑巴再也忍不住出了门。哑巴来到扬扬的家门口时，扬扬出了门。哑巴的泪水哗的一声又淌下来了。扬扬见了一脸泪水的哑巴，心刀剜一样痛，泪水也一滴、又一滴地掉下来了。扬扬在两个伴娘的搀扶下，一步一回头地走。哑巴的心里似有把火到处乱窜，难道扬扬真的走了，真的永远离开自己？不，我要留住她。扬扬的娘不是说，我若要同扬扬好，除非我能说话。我为啥不能说话呀？

此时的扬扬越走越远了。

哑巴急得直跺脚，我不能让她走，决不能让她走，她是我的，扬扬是我的。此时，心里的火蹿到嗓子眼跟了，哑巴张开嘴，呼喊起来："扬扬，别走呀，我爱你！我爱你！！"那把火终于从哑巴的嘴巴蹿出来了。

村里人都觉得怪，哑巴会说话了。

哑巴又大声呼喊起来："扬扬，别走呀，我爱你！我爱你！！"扬扬听到哑巴的呼喊声，疯了样向哑巴跑来，哑巴也飞快地向扬扬跑去。

吹鼓手竟忘记敲锣打鼓了，极静。

哑巴和扬扬紧紧拥在一起，扬扬狠狠捶打着哑巴的背："你真的会说话了？真的会说话了。"两人又哭又笑的，两张满是泪水的脸紧紧地贴在一起。

锣声、鼓声、唢呐声，欢快地响起来了，鞭炮也噼里啪啦响了。敲锣的，打鼓的，他们有多大劲使多大劲，连发梢的力气都用上了，"咚咚咚"，"嘡嘡嘡"，铿锵有力的锣鼓声震得脚下的地都抖起来。村里人拼命鼓起掌来，他们手掌拍红了，拍疼了，还拍个不停。还有年轻人的唿哨声，在村里人的头顶上，欢欢悦悦地萦来绕去。

玉手镯

　　山子的哥哥闭眼前，拉着山子嫂子的手说："我弟弟若能考上大学，再没钱你也得送，别误了他前程。山子就交给你了。"

　　嫂子紧紧握着山子的哥哥的手说："你放心！……"嫂子哽咽得讲不下去了。

　　为办哥哥的丧事，拉了一屁股债，家里值钱的东西都卖了。

　　安葬了哥的第二天，嫂子就扛了铁耙去田里耘禾，山子也扛了铁耙耘禾。嫂子见了，阴着脸说："你干吗？谁要你耘禾？你还不去学校？"山子说："嫂子，我不念书。我应是家里的顶梁柱。"山子不忍家里的生活重担压在嫂子瘦弱的肩膀上。嫂子发了火："你若怜悯嫂子就考上大学。我已答应你哥，要供你上大学。你难道想你哥哥在九泉下不闭眼？想我这做嫂子的为此悔疚一辈子？"嫂子已是满脸的泪水。山子仍不，扛着铁耙默默地走。嫂子喊："山子，你难道要嫂子跪下求你？"嫂子说着真的扑通一声跪下了，山子的腿一软，也跪在地上了。

　　山子只有去了学校。

　　山子想着家里的里里外外都靠嫂子一人干，心就如刀剜样痛，眼里也酸胀胀的。一回，山子回家，嫂子正在耕田。耕田是很吃力的活，男人干，也累得腿肚子发软。嫂子又没耕过田，牛又欺生，田耕得深一片浅一片。嫂子的脚步有点乱，身子摇摇晃晃的，随时要摔倒的样。一件白褂被汗水浸透了，紧紧贴在身上。山子忙下田，抢过犁，声音也抖了："嫂子，你歇会儿。"

后来，山子如愿考上一所重点大学。可当山子收到录取通知书时，傻眼了，一年几千元的学费让山子觉得似个天文数字。山子牙一咬，就撕通知书。可这时，嫂子来了。嫂子抢过通知书，对着山子就一巴掌："你就这样没出息？"嫂子忙黏被山子撕了一半的通知书。

嫂子四处借钱。

还差一千多元钱时，嫂子褪下手上的玉手镯。这副玉手镯是订婚时哥哥给她戴上的。哥哥死后，嫂子总是抚摸着手镯才入睡。有几回，嫂子想卖手镯，可下不了狠心，这可是他留给自己唯一的一件纪念物。这回，嫂子再没其他办法想。

这天，嫂子拿了一摞钱给山子，说："这个学期的钱够了。"山子望了一眼嫂子，见嫂子手上的手镯没了，山子啥都明白了，山子含情地叫了声："嫂子——我……"山子泪如泉涌。山子想，今后我赚了钱，一定替嫂子买一副玉手镯，且亲手给嫂子戴上。

上学的前一天晚上，山子躺在床上再睡不着。山子的眼前老是晃着嫂子的面影。山子忙穿了衣服，敲嫂子的门。嫂子说："你咋还不睡？明天一早就要赶路。"山子进了房说："嫂子，我睡不着。"灯光下，山子痴痴地看着嫂子，山子觉得嫂子挺美。山子一激动，就抓住嫂子的手说："嫂子，我，我喜欢你。"嫂子急急地抽回自己的手："你说啥梦话。"山子盯着嫂子的眼说："我说的是心里话。我们鄱阳湖一带不是有这种风俗吗？哥哥不在了，弟弟得代替哥哥。"嫂子说："那是陋俗。好了，你快去睡觉，明天一早，就要赶路呢。"

山子又"犟"。山子说："嫂子，你如不答应我，我就不去念大学。"日子一晃又过去几天，嫂子急，再不去学校报到，学校会除名的。嫂子只有答应了。

山子这才上了路。山子深情地望着嫂子："待我一毕业，我们就结婚。"嫂子说："你好好念你的书，别惦念家里。"

终熬过了半年，山子急急往家赶。山子天天都惦记着嫂子，惦记着家里。山子拿课余时当家教赚的钱，给嫂子买了一副玉手镯，跟嫂子以前戴的一模一样。山子想到亲手给嫂子戴手镯的情景，心里泛起甜酥酥的幸福。

到了家，门是锁的。锁还锈迹斑斑的，好久没人开过了。山子心一冷，家里难道发生了什么事？山子就问邻居："我嫂子呢？"邻居说："你嫂子早改嫁了。"山子的腿又发软，忙扶住门框："改嫁？她嫁到哪里去呢？"邻居也摇摇头。

山子砸了锁，进屋了，桌上放着嫂子写给山子的一封信。山子看了嫂子的信，泪水似决堤的洪水一样涌了出来，山子喃喃道："嫂子，你错怪我了，我并不是为了报恩，我是真的喜欢你！……谁说我们不合适？你好自私，竟然还说为了我的幸福。"

几年后的清明节，山子带着妻子，给哥哥上坟。坟前跪着一个女人，山子心一颤，嫂子。哥哥的坟已添了土，杂草拔得一棵不剩，坟前还栽了两棵松柏。嫂子一脸惊喜："山子，是你。"嫂子又看山子的妻子，目光触到山子妻子手上的玉手镯，心颤得厉害，眼一涩，视线就模糊了……

一束鲜花

李老师走进教室时，我们的眼睛不由一亮，目光都落在李老师手里的一束鲜花上。我们都感到奇怪，李老师拿鲜花干吗？

但一万个想不到的是这束鲜花竟是送给我的。

李老师喊："上课。""起立。"我在班长喊起立的同时，拿块尖石头迅速放在前排杨小凤的凳子上。谁叫杨小凤在同学面前说我没教养？李老师说："坐下。"杨小凤一坐，"唉哟"一声尖叫。杨小凤手拿起尖石头向老师告状："老师，这石头是陈勇放的。"李老师说："陈勇放学后去我办公室一趟。"去你办公室就去办公室，大不了关学，再大不了挨我父亲两个耳光。我是关学关惯了，挨打挨惯了，挨打没啥可怕的，牙一咬就熬过去了，就像教数学课的刘老师说我死猪不怕开水烫那样。让我愤怒的是杨小凤竟敢告我的状，看我怎样报复她，得罪了我绝对没好果子吃。许多同学都扭头看我，我把眼一瞪，似在说，有什么好看的？他们都不敢看我。我心里很得意，同学们都怕我。

李老师说："我在这里要表扬我们班的一位同学。昨天上午一位一年级的学生突然肚子痛，并且痛得在地上打滚。是我们班里的一位同学背着他上了医院，并且打电话叫来了他的父母。他得的是急性阑尾炎。昨天上午那位同学迟到了，我还批评了他，我在这里向他道歉。刚才那位小同学的家长给他送来了鲜花，我才知道了真相。同学们，你猜这位同学是谁?"

同学们的目光刷地一下一齐望着我，因为只有我昨天上午迟到了。我的脸着了火样烫，我可从来没受到过表扬，我不好意思地低下头。

李老师接着说:"他就是——陈勇。"李老师说完鼓起掌来，同学们都跟着鼓掌。

"陈勇，上来领鲜花。"

我接过李老师手里的鲜花时，同学们又热情地鼓起掌来，爆竹样噼里啪啦的掌声一直响了很久。

"陈勇同学身上尽管有不少缺点，但我们同时也要看到陈勇身上的优点。总体来说，陈勇是位好同学，我希望同学们多关心他，多帮助他，让他改掉缺点⋯⋯"

我的泪水再也忍不住哗地一声淌下来了，泪水一滴滴掉在手里的鲜花上。

放学后，我捧着鲜花去了李老师的办公室。李老师的门虚掩着，李老师正同刘老师谈话，他们谈的正是我。刘老师说:"陈勇这么调皮捣乱的人，我们应该向校长建议开除他，别一粒老鼠屎脏了一锅汤。前天上午，他竟把一只青蛙绑在杨小凤的辫子上，搞得同学们哄堂大笑，课也没法上了。"

李老师说:"我相信陈勇会成为好学生的，他的本质是好的，只是我们的教育方法不得当。他的母亲死得早，他缺少爱，我们要把他当成自己的孩子来爱。我们不能为了升学率和奖金而只需要那些成绩好、认真听课的学生，不管那些更需要我们教育的学生。世上没有最差的学生，只有最差的老师。"

刘老师显然生了气:"反正我这个最差的老师再懒得管他了。"刘老师说完拉开门，他见了站在门外的一脸泪水的我，怔了片刻，便拂袖而去。

李老师说:"陈勇，进来呀!"

我哭着对李老师说:"李老师，我一定不会让你失望!"

李老师欣慰地笑了。李老师抚着我的头说:"老师今天很高兴。"

此后，我就像变了一个人，不再调皮捣乱了，而是认真念书。我的成绩便刷刷地往上蹿。期末考试时，我竟考了全年级第二名。

六年后，我考上了清华大学。

我去北京的前一天，去向李老师告别。走进李老师的办公室时，我见李老师的桌子上摆着一束鲜花。李老师笑着说："我班里又有一位像你当初那样调皮捣乱的学生，我又买了一束鲜花送他。"

我说："当年您送我的那束鲜花也是你买的？"

"你说呢？"

我的眼睛一涩，泪水又涌出眼眶。李老师说："大学生还哭鼻子，也不害臊。上课铃响了，我得上课了。"

看着李老师佝偻着的背影，我大声喊："李老师，我爱您！永远爱您！"

一块手表

  杨老师丢了一块手表。

  放学后，杨老师取下手表放在办公桌上，然后去食堂打饭。打饭回来，杨老师看见她的学生石小强从她房里出来。见了杨老师的石小强一脸惊惶。杨老师问："小强，找我有事？"石小强的脸憋得通红："没，没事，我交了作业本。"

  杨老师吃完饭，改了几本作业，想看什么时间，四处找表，却没找到。是谁拿了杨老师的表呢？杨老师七想八想就想到石小强。

  可是杨老师问石小强见到她的手表没有时，石小强一口咬定说没看到。杨老师没一点办法。

  一些天后，石小强同一同学打架，拿石头把同学的头打破了。杨老师决定晚上到石小强家家访。

  杨老师敲开石小强的门时，石小强懵住了，紧张得话都说不出来，拿筷子的手也抖起来。石小强的母亲忙招呼："老师，您坐。老师，吃了没？"杨老师说："吃过了，你慢吃。"石小强母亲为杨老师泡来杯茶，杨老师见饭桌上摆着一碗腌萝卜干，一碗臭豆腐。石小强和他母亲吃着一碗稀得能照见人影的粥，杨老师就说："大姐，你们吃得这么省呀？小强可是正长身体的时候，营养可要跟得上。"

"唉，有啥法子？穷呀。"石小强的母亲突然问："老师，是不是我家的小强闯了祸?"

此时石小强望杨老师的目光里，满是可怜兮兮的哀求。杨老师便说："没，我到你家随便看看。"

石小强的母亲说："我想小强不会做出让我生气的事来。他在家里一直很听话……他很勤快，在家里什么活都做，同龄人干不了的活他都会做。"石小强的母亲说到这，指着屋里码着的一堆木柴说："这些柴都是他劈的。"柴劈得极细，码得方方正正的。

"小强还学会了耕田耙地，要知道他还只有十四岁。"石小强母亲的语气里满是自豪，"村里的大人都夸我有福气，说我生了个懂事听话的儿子。说实在的，要不是小强帮衬，我早过不下去了……"

杨老师问："石小强的父亲呢?"

"那个没良心的在外打工时，喜欢上别的女人，就同我离婚了……"杨老师听了这话时，心里一震，这事她一点也不知道，看来她这个班主任失职了。

"我家的小强有骨气，那个没良心的要拿钱抚养他，小强却不肯要他的臭钱……小强对我极孝顺，他一有空闲，就帮我干活。星期六星期天，他还去镇上捡破烂，去山上采草药，上树摘乌桕，下湖去摸鱼。他挣的钱够家里零用。老天爷对我还是公平的，给了我一个没良心的男人，却给了我一个懂事的好儿子……"小强母亲的声音都哽咽了，眼里有泪水一闪一闪的。杨老师知道石小强是他母亲的全部希望，是他后半辈子的寄托。杨老师不想破坏石小强母亲的梦。

"咳……咳……"小强的母亲剧烈地咳嗽起来。石小强忙拿来药，端来杯开水，并轻轻地捶打着他母亲的背。杨老师很是为小强的孝顺感动。杨老师想，石小强决不会拿她的表。杨老师那一刻的心里极愧疚，她错怪小强了。

"唉，我这痨病已患了几年，啥重活都做不了。连水都得小强半担半担地挑……前些天我生日，小强竟拿自己挣的钱帮我买了一块表，好漂亮的一块手表。我以为我一辈子都戴不上手表，想不到我孝顺的儿子帮我买了……我这就拿给你看。"石小强的母亲说着站起来去拿表，石小强的脸色突然变得煞白："妈，你拿表给杨老师看干啥？"小强的声音颤抖得厉害。"这有什么要紧的，杨老师又不是外人。"

石小强的母亲掀手帕时，杨老师的心紧张得快要从嘴里跳出来。杨老师希望那块表不是她丢失的那块。可是，可是……躺在小强母亲手里的表千真万确是杨老师丢失的。杨老师的心竟针扎一样痛，杨老师接过小强母亲递过来的表，平静地说："这表真漂亮……我为有小强这样好的学生而自豪。"

此时的石小强一直低着头。

杨老师出门时，石小强喊："杨老师！"杨老师一回头，满脸泪水的石小强哽咽地说："杨老师，我不会让您失望的。我要赔你一块表。"杨老师笑了，杨老师的笑在石小强眼里那么美，那么亲切，那么圣洁。

湖 殇

那年，鄱阳湖的水位一个劲往上涨。可倾盆大雨还没停的意思，仍哗啦啦地下着，天地之间扯起千万道水帘子。

天空仍聚着厚厚一层蓄满雨水的阴云。

湖堤经雨长久的浸泡，终于塌了个口子，湖水咆哮着漫过田野，漫过村庄。到处都是白晃晃的水。

许多房屋冲倒了。

水里满是呼救的人。

这时，监狱的门打开了，犯人划着小木船寻找呼救的人。清朝的律文规定，一个死刑犯救起了五个人，可免除死刑。没判死刑的囚犯，也按救人的多少，减少或免除刑罚。因而，那时判了死刑等着秋后开斩的犯人都希望发场洪水。

但在滔滔的洪水中，别说救起五个人，救起一个人都极其困难。那些救人的犯人大多葬身于洪水中。但囚犯仍争着向县衙门要求去洪水中救人。

这回救人的 500 名囚犯，仅幸存 40 名。

刚上任的刘知县跪在湖堤上，指着天对着百姓发誓，若我在三年内没加固好湖堤，没疏通好河道，还让百姓受洪水之灾，那我自溺于湖中。

刘知县想，若湖堤加固了，筑高了，那湖堤就不会决口，湖堤不决口，也不会死这么多人。想到死去的 460 余名囚犯，刘知县的眼睛涩涩的，再不能让他们白白地送死。刘知县知道兴修水利其实并不难，只是以前的知县都不想做。如没水灾，朝廷就不会下拨赈灾的银子与粮食。赈灾的银子与粮食只发给百姓一部分，其余的全都进了知县的口袋。每一任的知县都靠洪水发了财。他们又靠了那些银子，从而变为知州、知府了。

　　刘知县向朝廷要来一部分银子，又自筹了一部分银子。到了冬闲的农季，全县的人都来筑河堤了。刘知县也挑土来了。百姓见刘知县亲自挑土，干得更欢了。仅两个月，十几段的湖堤加高了一米，加宽了两米。刘知县高兴地说："这湖堤成铜墙铁壁了，洪水再冲不垮。"

　　第二年，倾盆大雨又没日没夜地下，如果没加固筑高湖堤，那湖堤准早决口了。刘知县因兴修水利有功，由七品升为五品，连升两级。

　　但刘知县一万个想不到，竟有百姓行刺他。刘知县若不是被一个噩梦惊醒，见窗前有个黑影，那他就死在刺客的刀下。刘知县忙喊："抓刺客，抓刺客。"刺客被抓住了，竟然是个女人。刘知县问："你为什么要行刺我？"

　　"因为你断绝了我丈夫活下来的最后一条路。"

　　"此话怎讲？"

　　原来女人的丈夫是个有命案在身的死囚。他杀了一名叫徐耀祖的人。徐耀祖仗着舅舅在朝廷为官，在乡里为非作歹，坏事干绝，百姓告状又告不进。女人的丈夫忍无可忍，拍案而起。按刑律，秋后开斩。那时女人寄希望今年又会发洪水，她的丈夫若在洪水中救了五个人，那就有生还的希望了。

　　"你怎么知道今年仍会发洪水？"

　　"我们这个县十年十涝。"

　　"但即使发了洪水，你丈夫就能救起五个人？要知道去年下湖救人的五百名囚犯，只幸存四十名，十人九死。"

　　女人斩钉截铁地说："能，我丈夫一定能救起五个人。我丈夫在杀徐耀祖之前，在湖里天天游泳，他在湖里已成为一条鱼了。"

"难道我错了？不该加固筑高湖堤？"

"不，你没错。我要杀你，也没错。但若我依了乡亲们，挖了湖堤，那我就错了。乡亲们想救我丈夫，要挖湖堤。我不同意。挖了湖堤那得死多少人？我不能拿成千上万条人命换我丈夫一条人命。"

"你走吧。你丈夫的案子，我会上折子给朝廷，看能不能重新审。"

"谢谢刘大人。"女人朝刘知县叩了个头，起身出了衙门。

善之链

　　爷爷说："那时我们家极穷。"爷爷给我讲他的故事时，都是这么开头的。我接上爷爷的话："那可不是一般的穷，而是穷得餐餐喝稀得能当镜子照的粥……"爷爷像没听见我的话，自顾自地往下讲。

　　"……一回，你爹病得厉害，请了郎中来看，郎中开了药单，让我去药铺里捡药。可我身上只有几个铜板，我便找到刘光头借了两块银元。刘光头是个心狠手辣的大地主。你这个月借了他一块银元，下个月后得还他两块银元。那时没办法……"

　　这个故事，爷爷已给我讲了许多次，听得我耳朵都起茧了。

　　后来我爹的病好了。爷爷却高兴不起来，爷爷不知去哪里弄四块银元还给刘光头。爷爷为此天天长吁短叹的，睡觉都睡不安稳，在床上翻来翻去的。一个月后，刘光头手下的人来讨账。爷爷拿不出，刘光头手下人说下个月爷爷不还四块银元，就把爷爷的右手剁了。

　　爷爷想来想去，想得头痛了，仍想不出挣钱的路子。"唉，还不了，就让刘光头把手剁了。"爷爷仍像以前一样，天天去山上砍一担柴回来。柴晒干了，就挑城里卖。

　　"那天天蒙蒙亮，我就扛着扁担进山了。我进了一片松树林，松树枝耐烧，好卖，价也卖得高些，我刚要砍柴时，忽听到有人唉哟唉哟地唤……"

原来是个猎人，猎人摔了一跤，伤了脚。猎人的脚背肿得老高，猎人说他的骨头摔断了。猎人求爷爷背他回家。

爷爷二话没说就应下来。

猎人对爷爷说："你把我枪上的两只野鸡拿下来藏好，晚上你全家可以吃一餐。"

爷爷翻过两座山，才把猎人背到家。爷爷在猎人家吃了中饭，砍了一堆松树枝，上了肩，爷爷想到晚上全家有野鸡吃，心里就高兴，一高兴就不觉得累。爷爷家已两年没吃过肉了。

"我走到半路上，被一个男人拦住了。那男人面黄肌瘦，衣裳也破得不成样，头发鸡窝样乱蓬蓬的，十足的一个叫花子。"

爷爷问那人为啥拦他的路，那男人望了一眼爷爷挂在松树枝上的野鸡说："我已两天没吃饭了，你行行好……"男人的话没说完，便晕倒在地上。

爷爷放下柴，喂了男人两口水，男人才醒过来了，男人说："谢谢你。"爷爷捡来一些枯树枝，拿松叶引着了，把一只鸡放在火上烤。

鸡还没熟，男人就迫不及待吃起来。一支烟工夫，一只鸡全扔进了男人的肚子。

男人对爷爷说他是个生意人，身上的钱全被白军抢走了，男人说："我身上有两包蛇药。不管多毒的蛇咬了，你吃了这药，就没事，你天天在山上砍柴，把这药放在身上安全。"

男人一拐一拐地走了。爷爷喊住了男人，拿了另一只鸡给那男人："这鸡你拿着，晚上可烧着吃。"男人对爷爷说了许多感激话，并掏出笔，在一个本子上记下爷爷的姓名及地址。男人说如他有发达的那一天，一定要报答爷爷。

爷爷仍天天上山砍柴。

"那天中午，我砍了一担柴回家。吃了个红薯，喝了一碗粥，我又拿着扁担出了门。在村口时，我见到一小孩抱着脚不停地哭……"

原来小孩的脚被毒蛇咬了。小孩的脚已肿得面包样，且青黑一团。

一村里人说："这小孩被眼镜蛇咬了，看来没救。"

爷爷想起那男人说的话："不管被啥毒蛇咬了，吃了这药就没事。"爷爷忙掏出药，往小孩嘴里倒，又往小孩嘴里灌水。

爷爷并不知道他救的小孩就是刘光头的外甥。

"这样，刘光头免了我的债，因而我的手还好好地长在我身上。要不你今天看到的就是一只手的爷爷了……哈哈！这是天意，假如我没背那猎人回家，那猎人就不会给我两只野鸡。我没给那生意人吃野鸡，他就不会给我蛇药，我没蛇药，我就救不了刘光头的外甥，那我就会被剁掉一只右手。"

爷爷现在已离开我15年了，爷爷给我讲过许多故事，大都忘了，唯独这个故事我一直记得，我知道我到死都记得这故事。

但爷爷不知道，爷爷死后的第二年，那个生意人从美国回来了。他要给奶奶两万美金，奶奶说啥也不肯收。

那生意人就在村里建了四幢楼房，每幢楼房都是四层。我们村的小孩再也不要到十几里外的学校去念小学。

爷爷，我还要告诉你，我们村的小学就叫陈大海小学。那个生意人非要用你的名字做校名。爷爷，你高兴吗？

怀念一只叫阿黑的狗

记得很清楚，那年我读小学四年级，一回上学的路上，我见了一只毛发黑得发亮的狗蹲在一棵树下，我把妈给我当早餐的两只红薯扔给了狗。放学时，狗仍蹲在那儿。狗见了我，跟在我身后，对我摇头摆尾的。我到了家，狗也跟着我进了家。

开初母亲不答应养狗，母亲说："我们人都吃不饱，哪有东西给狗吃。"我们家住在山沟里，一人仅三分水田，其余都是山坡上的旱地，不能种稻谷，只能种红薯、南瓜等一些耐旱的农作物。而我们兄弟仨又是长身体的时候，极能吃。家里粮食总不够吃，南瓜、红薯当了半年的粮。我求母亲："我今后少吃点就是。"母亲不出声了。

狗就这样留下来了。我给狗取名为阿黑。

阿黑给我带来许多快乐。也因有了阿黑，我当上村里的孩子王。

第二年，我考上了乡第一中学。那时一个学期要三十块钱学费。我家以往的钱都是从鸡屁股里抠出来的。三十块钱对我们家来说是一笔很大的钱。碰巧，我的同学王伟看中阿黑。王伟的父亲在县百货公司上班，一星期回家一次。王伟同他母亲担心有坏人进他的家，就想要我家的狗为他守门，王伟家原来那只狗被人吃了。

母亲一口答应了。

我不同意，母亲说，那你别念书。我一想到不念书，要整天在家干农活，心里很难受。我流着泪同意了。

阿黑却不愿意去王伟家。王伟拿了肉包子丢给阿黑，说："你去了我们家，我时时拿肉包子给你吃。你在我家比在他家吃得好得多。"阿黑竟不吃地上的肉包子。

肉包子的香味馋得我的口水都淌下来了。

后来父亲拿根麻绳系住阿黑的颈脖子，拉走了。阿黑一直汪汪地叫个不停。

晚饭，我一口也吃不下，我满脑子想的是阿黑。家里人没在意，他们关心的是另一桩事。那时大哥同一位叫刘春梅的女孩好上了。春梅在家是独生女，父亲在乡供销社工作，家境极好。春梅的父母也看中了大哥，但提出一个条件，大哥必须做上门女婿，今后生的小孩姓刘，不能姓陈。春梅的父亲还说，三年后，他就退休，让大哥顶他的职。大哥一口应了，父亲却不同意："我辛辛苦苦养你这么大，你却做了别人的儿子。今后我的孙子却姓刘。那让我在村里怎么做人？"母亲也站在父亲一边："过好日子要靠自己的双手创造，你做上门女婿，人家也瞧不起你，你的什么都是人家施舍给你的，你在他家也觉得矮人一截，做人直不起腰。"

三人一直为这争吵。

第二天天没亮，我就听见了呜呜的狗叫声，啊，是阿黑。开了门，阿黑钻进我怀里。我抱着阿黑哭了，阿黑凄凄地呜叫。

父亲又把阿黑牵走了。

父亲对王伟的母亲说，你把狗绑在院子里，待它同你们熟了，再解开绳，它就不会往我家跑了。

但两天后，阿黑又跑来了，阿黑的脖颈上还挂着一截绳子。阿黑准是咬断了绳子逃出来的。

王伟对我说，你这狗只对你亲。我拿肉包子、骨头放在地上，它就是不吃。

阿黑竟三天没吃东西，我盛了碗饭放在地上，阿黑两口吃完了，我又盛了碗饭给阿黑吃，但我再不敢盛第三碗了。母亲知道不打我才怪。阿黑就吃木桶里的猪潲。

父亲对大哥说："瞧瞧，你还不如这条狗。狗都不嫌家贫。"

大哥不出声了。

父亲吃完了晚饭，又要把阿黑牵走。我说："爸，明天把阿黑牵走吧。"父亲说："不行。万一今天晚上有啥坏人进了他们家呢?"去王伟家得翻过两座山。父亲拿手电筒拉着阿黑出了门。

父亲在路上遇见了一匹狼。

阿黑同狼撕咬起来。

后来，狼落荒而逃。阿黑的一条腿被狼咬断了，身上也有几处皮开肉裂。

父亲抱着阿黑哭了。

父亲对阿黑说："我们走吧。"阿黑不肯走。父亲又拉着阿黑走。阿黑极不情愿地一拐一拐地跟在父亲身后。但片刻，父亲手里的绳子被阿黑挣脱了，阿黑跳进了山崖。

此后，父亲总念叨着阿黑："阿黑真是条好狗。我那时如把阿黑牵回家就好了，他就不会自杀了。"

后来大哥拒绝了那桩婚事，他去了南方打工。

快乐的二傻

二傻是我饭店里的服务员。

当初招二傻时，妻子极力反对。妻子的反对并不是没有道理，二傻长得丑，走路一跛一跛的，左肩高出右肩一大截；二傻个子也矮，才一米五。妻子说："顾客见了他，会没食欲的。"但我想帮二傻。二傻再找不到工作，会饿肚子的。另外，二傻脸上的笑容吸引了我。二傻的笑同婴儿的笑一样，纯洁、简单、透亮、真实，这笑是从心底里流出来的。我一见他的笑，感到很愉快，也想笑。

我对妻子说："先试试，不行再说。"

二傻第一天端菜，菜汤就泼到一顾客的衣袖上。二傻忙赔不是："对不起，真对不起，我不是故意的，您千万别生气，这是我第一次端菜……要不，我给你唱首歌……烦恼烦恼真烦恼，我办的喜事真烦恼，丈母娘狮子大开口，这不能缺，那个不能少，结婚的彩礼还拼命要……"二傻边唱歌，边做怪脸。二傻的声音并不好听，但他滑稽的样子把许多顾客逗笑了。许多人鼓掌，那顾客也笑着鼓掌。他一笑，二傻就知道他原谅了自己，一个劲地说："谢谢，真谢谢你原谅了我。要不，老板准不会要我。"他走时，二傻说："希望我下回还能为您服务。""行，我过两天来。"他拍了一下二傻的肩，"你真可爱。"

妻子说："还是让二傻走吧，要不所有的顾客都会被他赶跑，我们这里不是慈善机构。"

"要不再过两天。"我也犹豫。

幸好后来的两天，二傻没出啥差错。而且那人，也就是被二傻泼了菜汤的顾客真的又来店里吃饭了。那人自己拣一张空桌坐下后，喊："二傻，来杯茶。"

二傻应："来啰。"二傻脸上的笑显得更灿烂了。

"你怎么笑得这么开心？"那人说，"我真想像你一样笑。"

这天晚上，店里来了一个眉心里有颗美人痣的女孩。女孩点了两个菜，一瓶一斤装的二锅头。女孩喝酒时，泪水一串串地往下淌。二傻问女孩："啥事这样不开心？"女孩说："陪我喝一杯。"二傻说："喝就喝。"店里规章制度规定服务员不能吃顾客的菜，不能喝顾客的酒。可这个二傻竟然视规章制度为一张废纸。二傻从女孩嘴里得知今天是她的二十岁的生日，男朋友也在这一天与她分手了。二傻去了厨房，拿来一个酒盅样大的蛋糕，并拿来两根比牙签稍粗的蜡烛。二傻把蜡烛插在蛋糕上，点燃了。然后对大厅里所有的顾客说："能允许我关一会儿灯吗？一个女孩今天二十岁生日，而且她今天遇到一件开心的事，她把一个臭男人甩了。"所有的顾客都说："行。"二傻关了灯，对女孩说："先许愿，再吹蜡烛。"女孩吹了蜡烛，二傻用那五音不全的嗓子唱："祝你生日快乐……"所有的顾客也跟着唱："祝你生日快乐！……"女孩笑了，泪水却淌得更欢。

女孩走时，弯下腰拥抱了二傻，并在二傻的额头上亲了一下："谢谢！谢谢你给我带来快乐和幸福。我会记住你的。"

几天后，二傻发现了一个脸上挂着泪水的中年妇女，那女人一个劲地喝酒，二傻走上前，站在她面前笑。中年妇女问："你笑啥？"二傻装出一脸傻相："笑比哭好，我就笑不哭。"中年妇女说："你这个二傻！你问我干吗不开心？我和丈夫已冷战一个月了，谁也不理谁。"二傻说："我给你讲个小故事。有两个脾气很犟的人在一座独木桥上相遇了，谁也不让谁过，他们站了一天，然后坐下了，又一天，他们躺下了。"中年妇女笑了：

"行，我听你的。我现在就给他打电话，让他来陪我吃饭。"一会儿，一个男人来了。男人敬二傻的酒："谢谢你让我们夫妻和好。"

许多顾客都喜欢二傻，二傻把他天使样的笑传染给每个顾客。二傻让他们把痛苦留下，把快乐带走。顾客都抢着要二傻服务。"二傻，给我添茶。""二傻，给我拿个打火机。""二傻，帮我催一下菜。"二傻乐颠颠地跑来跑去。

快乐的二傻让我店里的生意越来越好。一个顾客对我说："再痛苦的人一见二傻脸上的笑，都会情不自禁地想笑。"

让我没想到的是，二傻却永远地离开了我们。二傻得了肠癌。二傻笑着对我说："我早知道自己得了癌。"二傻出殡那天，一两千个人来送二傻。这天是二傻二十五岁的生日，那个眉心里有个美人痣的女孩拿来一个脸盘样大的蛋糕。女孩把蛋糕放在二傻的灵台前，然后把二十五根蜡烛插在蛋糕上，点上了，然后自己吹灭了，然后唱："祝你生日快乐……"在场的所有人也跟着唱："祝你生日快乐！……"许多人都哭了，声音哽在喉咙，哭不出来，变成呜咽。女孩说："二傻准不愿我们哭，我们都别哭，我们要快乐……"女孩说不下去了，泪水泉涌样淌。

为纪念二傻，我把店名也改为"快乐的二傻"。

那个眉心里有个美人痣的女孩来到我店里当服务员，她说她要像二傻那样，把快乐带给每一个顾客。

戒指上的爱

下午五点钟，吴婆婆就弄好了晚饭。吴婆婆的晚饭吃得很简单，一碗粥，一碗青菜。吴婆婆一个人吃饭时，桌上从没摆过两个菜。尽管吴婆婆的门角里堆满她捡来的菜，有的菜已腐烂，一屋子的异味，但她觉得弄两个菜太浪费油。吴婆婆吃过晚饭，提着篮子去了菜市场，捡人家丢弃的菜。吴婆婆从没买过菜，总是吃捡来的菜。

"吴婆婆来了？来，这都是我帮你捡来的菜。"陈小华说着把菜往吴婆婆篮子里塞。陈小华高考落榜后，找不到工作，就包了个摊位卖菜。陈小华同吴婆婆是邻居，小时候没少吃过吴婆婆家的东西，因而他总想帮吴婆婆。

"这块肉哪来的?"吴婆婆见菜里有一块肉，从篮子里拣了出来。

陈小华说："吴婆婆，这肉是别人掉的，我捡了。明天，你的孙子来了，刚好弄给他吃。学校里的伙食差，你的孙子又是长身体的时候，营养如跟不上，学习也会跟不上的。"吴婆婆的孙子念初三，吃住都在学校，只有星期天才回家。吴婆婆的儿子病死后，儿媳扔下儿子跟人家跑了。吴婆婆只得抚养孙子。吴婆婆没工作，自然也没退休工资。吴婆婆便捡破烂卖。居委会一个月要给吴婆婆 200 块钱，吴婆婆竟不要。吴婆婆说她能养活孙子，她不想给国家添负担。

"我怎么总捡不到肉？"吴婆婆硬是不肯要陈小华送的肉。陈小华把肉一放进篮子，吴婆婆就把肉拿了出来："这肉你还是自己吃。我知道这肉是你自己买的，可我不想再欠你的人情，再说我欠你的人情够多的。你赶早摸黑挣两个钱也不容易。"陈小华又一次把肉扔进了吴婆婆的菜篮子："吴婆婆，你若再把肉拎出来，那今后我们就是陌生人，你不认识我，我不认识你。""行，行，这是最后一次。"吴婆婆的声音哽咽了，忙低下头走了，她不想陈小华看到她眼里的泪。

　　此后一连两天，陈小华没见到吴婆婆。难道吴婆婆为了躲他去了另外一个菜市场捡菜？陈小华收了菜摊子，去了吴婆婆家。吴婆婆家冷锅冷灶的，吴婆婆躺在床上呻吟。陈小华一摸吴婆婆的额头，火一样烫。陈小华忙要吴婆婆上医院。吴婆婆不肯去医院。吴婆婆说："我这病，躺两天就会好的。"吴婆婆舍不得花钱。吴婆婆也可能没钱。

　　"吴婆婆，你甭担心钱，我身上有。钱就当我借给你，你啥时有钱啥时还。你这病，躺不好的，非得上医院。你若真的出了个三长两短的，你孙子怎么办？谁养活他？""我真的不想欠你这么多……"陈小华这时看到了吴婆婆手上的戒指，眼睛一亮，说："要不这样，你把你手上的戒指给我，我拿500块钱给你，这下两清了，你不欠我的，我也不欠你的。"陈小华下个月要同黄小梅订婚，黄小梅要陈小华买个2000块钱以上的钻石戒指，作为订婚礼物。陈小华极不愿意花这冤枉钱，可是不买钻石戒指，黄小梅就不同他订婚。陈小华想，他买下吴婆婆这个带钻石的戒指后，就可以骗黄小梅，说花2000块钱从商场买的，同时还帮了吴婆婆的忙。

　　"你要这破戒指干吗？""我想送给我女朋友。我若不送她戒指，她就不同意订婚。"吴婆婆很爽快地取下戒指，说："你回家拿洗洁剂洗一下，就跟新的一样。"陈小华接过戒指，说："吴婆婆，现在上医院吧。"陈小华搀扶着吴婆婆下了床。

　　到了医院，医生说吴婆婆得的是感冒，打两针就好了。

　　陈小华回到家，把戒指拿洗洁剂洗了一下，戒指竟闪闪发亮，戒指上的那颗假钻石也晃着耀眼的光。陈小华心里说，黄小梅绝对看不出这戒指是假的。

黄小梅接过戒指时，惊喜地喊："哇，真漂亮！花多少钱买的？"陈小华说："2000多一点。"

次年的正月初六，陈小华同黄小梅结婚了。一年后，黄小梅生下一个儿子。儿子生下来，竟得了新生儿败血症。陈小华结婚已找亲朋好友借过钱，再不好意思开口借钱了。黄小梅说："把这钻石戒指卖了吧？"陈小华叹口气说："对不起，小梅，我骗了你，那戒指是假的……""不可能是假的，我花五块钱找检测金银珠宝的人测量过，那人说我这钻石戒指是真的，他还说这么大的一颗钻石，至少值一万块钱。""真的是真的？我，我真的不是人！我得把这钻石戒指送还吴婆婆。我开初还以为自己是帮助她，想不到却是她帮助我……"黄小梅说："我听不懂你的话。""这戒指是我拿500块钱买的，我一直以为这戒指是假的……你在这照顾我们的儿子，我去吴婆婆家一趟。"

陈小华去了吴婆婆家。陈小华把戒指还给吴婆婆："吴婆婆，对不起，我一直以为你这戒指是假的，我并不是想占你的便宜。"吴婆婆笑了："我知道你是帮我……这戒指你已经买下了，就不能反悔，不能退。再说你儿子病了，你急需这枚戒指换钱。"吴婆婆说啥也不肯要戒指，"你今后挣了钱再补些钱给我就是。"

陈小华后来从吴婆婆的孙子嘴里知道，这戒指是吴婆婆的祖传之物，已传了三代。曾有人出一万块钱买吴婆婆手里的戒指，吴婆婆也没舍得卖。吴婆婆说："祖传之物是无价的，怎么能随便卖？"陈小华对吴婆婆的孙子说："这戒指我先替你保管，你娶媳妇时我会还给你。"

"这戒指是吴婆婆男人家的祖传之物，不能卖。"陈小华对一脸愁云的黄小梅说。

"那儿子的病怎么办？"

"我们会有办法的……要不拿这枚戒指做抵押贷款。"

母亲回家啦

大林没想到走丢了五年的母亲突然回家了。

五年前，犯老年痴呆症的母亲去了镇上，再没回家。大林和小林找了一个多月也没找到。

大林激动地拥住母亲："妈，这五年，你去了哪儿?"大林的眼泪一滴又一滴落在母亲的肩上，"妈，你准吃了不少苦。"

母亲脸上一点表情也没有。这让大林心里更难过："妈，你不认得你儿子啦?"母亲仍没反应，呆呆的目光定定地看着一脸泪水的大林。

这时小林也来了。小林叫了声妈。母亲还是没听见一样。小林对母亲左看右看，然后把大林拉到一边说："哥，我觉得她不是我们的母亲。"

"胡说。哪有同母亲长得这么相像的人?"

小林说："母亲的脖子上有块红胎记，她的脖子上没有。"

"红胎记也会消失。"大林说。

"反正我觉得她不是我们的母亲。你要认她是母亲你就认，反正我不认。"小林说着走了。

大林一个人养母亲。

村里人都看不起小林。原本小林在村北开了家百货店，以往村北的人都到小林店里买东西。小林不认母亲后，村北的人都到村南大林开的店里买东西，情愿多走冤枉路。

小林向村里人解释："她真的不是我母亲……"村里人却听不进去："你哥怎么就认了她是母亲？""难道世上有长得一模一样的人？"

这样小林的店开不下去了，只有关了门。大林店里的生意却是越来越好。

小林把所有的怨气撒在大林身上："都怪你认她是母亲……"

"她当然是我们的母亲。"

小林说："我想起来了，母亲膝盖上有块疤，那是个雨天，母亲驮我看病，她摔了一跤，膝盖碰到一块石头，掉了一大块皮，流了许多血。伤好后留了一块疤。"

小林拉起她的裤腿，她膝盖上没疤。

"哥，你还有什么说的？"

"这不能证明她就不是我们的母亲。"

小林极其愤怒："这还不能证明？难道伤疤也能消失？"

大林笑笑："有可能。"

"真不知道你怎么想的，要认一个陌生人当母亲，让我背上不孝的骂名。"

"退一步讲，假设她真的不是我们的母亲，那我们的母亲也准被别人收养了，别人照顾我们的母亲，我们也应该照顾别人的母亲。再说，她同母亲长得这么相像，有可能是母亲的孪生姐姐，母亲以前说过，她的孪生姐姐一生下来，就被外公送了人。那我照顾姨不应该吗？"

小林说："那你就供养你姨吧。"

让大林和小林没想到的是，两年后，母亲真的回家了。原来母亲被一个叫张树生的好心人收养了。

母亲同那女人真像一个模子里印出来的。

小林对大林说："哥，你现在总相信我吧？"

大林说："我早知道她不是我们的母亲。我帮她洗脚时，发现她一只脚长了六个脚指头，可我们的母亲没有。我如不认她，那她就得挨饿受冻，晚上连睡觉的地方都没有。再说我服侍她，觉得就像服侍母亲一样，有种幸福感……"

母亲认那女人为姐。

大林也改口叫那女人姨。

小林却不叫。

小林的百货店又开张了，小林想，事情终于真相大白，他小林不是一个不供养母亲的人。村里人现在应该来他店里买东西。但让小林弄不明白的是，村北的人仍到村南大林的店里买东西。

小林拦住一个从大林那儿买了一瓶酱油的小孩："你为啥不买我的酱油？一样的牌子，一样的价格。"

小孩说："我妈说买大林店里的东西用得放心。说他心那么好，不会卖假货，也不会少秤，还说……还说啥？我忘了。"

小林只得又一次关了店。

会说话的西瓜

天刚蒙蒙亮，八根老汉钻出瓜棚，一下傻了眼：一地的西瓜没剩几个。八根老汉以为看花了眼，揉揉眼再看，一地的残藤断叶，破碎的西瓜也满地都是。天空、瓜地、树林在八根老汉的眼前旋转不停，双腿也被抽去筋骨样，一下瘫在瓜地里。

许久，八根老汉才骂："哪个丧尽天良的偷我的瓜？……"八根老汉的哭骂声在鄱阳湖面荡个不停，引得村里的狗惶惶不安地叫。

有村里人来到八根老汉的瓜地里，劝八根："瓜偷了就偷了，骂不回来的。别气坏了身体……"

"都怪我昨晚多喝了两盅，睡死了……"一直眼眶里悠晃着的泪也掉下来了，声音也哽在喉咙下吐不出来了。村里人见了糟蹋得一塌糊涂的瓜地，也不住地叹气。也有人帮着八根骂偷瓜贼："这贼不得好死……"

也是，一地多好的瓜。八根老汉为这地瓜不知花了多少精力、掉了多少汗水，耕地、耙地、栽秧、锄草、挑粪、打药。哪桩事不让八根老汉累得筋疲力尽？而且今年天旱，一个多月没下一滴雨，八根老汉只有去鄱阳湖里挑水。一担又一担，肩膀磨破皮了，露出肉了，流血水了，八根老汉仍挑。扁担一上肩，肩膀破皮的地方就似撒了盐一样，火辣辣的。扁担只有从左肩换到右肩，从右肩又换到左肩，不停地换。一回，八根老汉正挑水，忽而两脚虚飘飘地没点力气，深一脚浅一脚，如踏在棉花团上，又头晕目眩，后来眼前一黑，倒在地上了。正是中午，火一样的阳光不停扑打着八根老汉。要不是村里人发现得早，八根老汉早见阎王了。

村里人又觉得八根老汉怪。八根老汉年轻时参加过淮海战役，退役时，组织要八根老汉进公安局，八根老汉不同意，情愿回老家种田。八根老汉生了两个儿子，都在省城工作。两个儿子也不想八根老汉种田，要八根老汉去省城享福。可八根老汉在省城还没住到半个月，就跑回家了。两个儿子只有寄钱来，那些钱足够八根老汉过着滋润的日子。但八根老汉仍种田，村里人都笑八根老汉是劳碌命，不晓得享福。八根老汉也笑："就是劳碌命。一不干活，全身就酸软无力，吃饭也没滋没味，睡也睡不踏实。一干活，就浑身的劲，吃饭能吃两蓝边碗，身子一挨床就睡了，且一觉睡到天亮。"八根老汉已七十多岁，但身子硬朗得很，挑水担粪，耕田耙地，样样活拿得下。庄稼活，村里没有一个人有八根做得好。

就拿种瓜来说，八根种出的瓜大，瓤红籽少，且冰糖样甜。人们都喜欢买八根老汉的瓜吃，但八根老汉的瓜卖得极少，瓜熟时，每家每户送一只。路人渴了，同八根老汉讲一声，摘了瓜便吃。若没钱，走人，八根老汉仍一脸灿烂的笑。若放下几个钱，八根老汉也收。八根老汉最开心的时候就是看人吃瓜的馋样，若吃瓜的人一口一声甜，那八根老汉心里更甜。

"唉，瓜偷了就偷了，还是身子骨要紧，别气坏了身体……"仍有村里人劝。

"贼偷了我这么多瓜，吃不完，肯定会卖，我得去农贸市场看看。"

"你咋认得你的瓜？"

八根老汉说："我种的瓜还不认得？每只瓜都是我看着长大的。我还给它们取了名字。"

八根老汉守瓜时，不跟人家那样只待在瓜棚里，他在瓜地里走来走去，时而抚摸这只瓜："哟，一个上午就长了不少。"时而敲敲那只瓜："瞧你，怎么天天不长？比你晚几天的瓜都比你大。"八根老汉每见一只瓜都有话说。这些瓜在他眼里都是有生命的。

几个村里人跟着八根老汉去了农贸市场。市场里有一二十个瓜摊。八根老汉一家瓜摊一家瓜摊看，最后在一个疤脸汉子的瓜摊前停下了。疤脸汉子问："买瓜？"八根老汉说："你这些瓜都是我种的，你偷了我的瓜。"疤脸汉子眼里露出几丝惊慌，但片刻，眼里的惊慌没了，有了凶光："哼，你种的瓜？你有啥证据说是你种的瓜？"

　　这时已围了一圈看热闹的人。

　　"当然有证据。"八根老汉蹲下身，双手抱起一只瓜说："你瞧，这瓜，胖乎乎的，多像我大儿子小时的样子，瞧瓜上这'胖儿'两个字，还是我写的呢。"几个人凑近瓜，瓜上真的刻有歪斜的"胖儿"两个字，字很细，不认真看，还真看不见。"你再看这瓜。"八根老汉又抱起一只瓜，"这瓜不圆，长形。这是两伢崽在瓜地里玩，不小心踩了这瓜，瓜就长成这样。这瓜叫阿洪。阿洪是我的副班长，他为救我牺牲了。这瓜上我也写了名字，你们看……"八根老汉的眼里一亮，又抱起一只瓜，抱得紧紧的："小梅，你还在……"一村里人记起八根老汉死去的女人叫小梅。

　　一村里人说："八根老汉的瓜都会说话。"

　　"你们都在，全都在……"泪水从八根老汉的眼眶里溢出来，爬满了八根老汉坑坑洼洼的脸。

　　村里人的眼睛也都湿了。

　　极静，听得见阳光洒在地上的"嗞嗞"声。